Wolfgang Pein

Sorry, leider kann ich nicht vergessen !

Untertitel:

gebrochene Versprechen

- ein Kriminal-Roman -

Bibliografische Information der Deutschen Nationalbibliothek: Die Deutsche Nationalbibliothek verzeichnet diese Publikation in der Deutschen Nationalbibliografie. Detaillierte bibliografische Daten sind im Internet über http://dnb.d-nb.de abrufbar.

Herstellung und Verlag:

BoD – Books on Demand, In de Tarpen 42

D – 22848 Norderstedt - Germany –

ISBN-Nr. 9783752835533

Prolog:

Sicherlich können sie diese Meinung mit mir und ihrem guten Gewissen teilen:

Versprochen ist versprochen

– und wird auch nicht gebrochen.

Dieser alt-bekannte Spruch, dessen Herkunft mir nicht genau bekannt ist, dürfte auch heute noch seine Gültigkeit haben – **s o l l t e** er haben.

Doch seit erster bis in die heutige Zeit wird dieser Spruch selbst wohl vor lauter Bedenken „zucken", wenn er wieder einmal genötigt wird.

Es sei gewarnt - ein gebrochenes Versprechen k a n n auch fatale Auswirkungen haben.

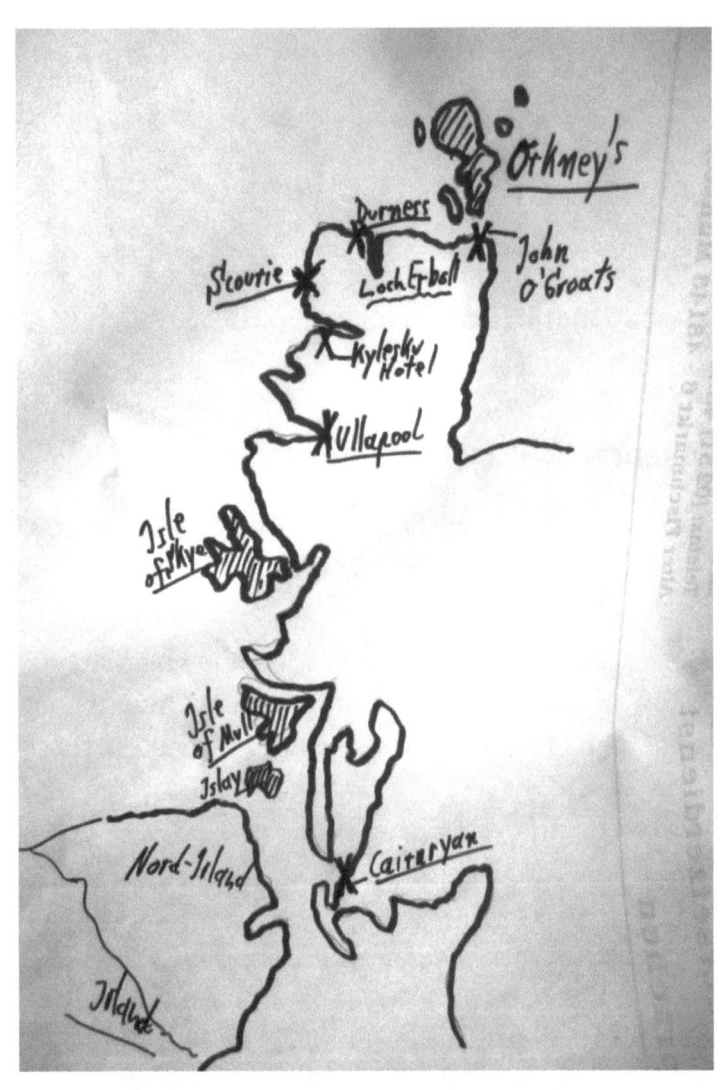

Dieser   Roman

b e g i n n t   auf den Orkney - Inseln.

Orkney - Inseln, Schottland

Da liegt es nun – in seiner ganzen Pracht. Der stolze Name lautet „**Falken-Queen**", und diese Queen ist ein Segelschiff.

Genauer gesagt ist es ein Jollenkreuzer, ein ganz besonderer Jollenkreuzer – mit Schwert und drei Kabinen.

Sein Eigner hat bisher beim Segelsportverband keine Zulassung beantragt, denn er hatte nie vor, damit Wettkämpfe zu bestreiten.

Die „Falken-Queen" ist rein zu privaten Zwecken gebaut worden. So brauchte sich der Auftraggeber auch nicht mit den engen Vorschriften der Klassifizierung des Schiffes herum zu schlagen.

Es ist keine Werft-Klasse, wo die Schiffe nach den eigenen Werft-Vorschriften gebaut werden müssen und auch keine Einheits-Klasse, die ja enge Vorschriften nach einheitlichen Bauplänen vorsieht.

Die „Falken-Queen" gehört zur Konstruktions-Klasse.

Damit war den Wünschen des Auftraggebers Tür und Tor geöffnet. Was zum Beispiel die Schiffsmaße, das Gewicht, Antrieb oder die Segelfläche angeht, so hatten die Schiffsbauer – natürlich nach Absprache - freie Hand.

So konnte **Dennis**, so heißt der Auftraggeber und Eigner, seine Vorstellungen voll verwirklichen. Seine Ideen wurden eins zu eins in die Tat umgesetzt. Vor allen Dingen komfortable Kabinen sollten es auch sein, denn Komfort liebte er über fast alles, und er konnte es sich leisten.

Dennis war ein erfolgreicher Architekt. Sein Vater hatte ihm nicht nur ein größeres Vermögen hinterlassen, nicht nur das schöne Haus direkt am Wasser, sondern auch die bis dahin schon so erfolgreiche Architektur-Firma.

Von all diesen schönen Dingen hatte die „Falken-Queen" in den letzten Wochen nichts gehabt. Das Schiff hatte andere Sorgen. Ihr war nicht nach Frohsinn zumute. Kein Wunder, denn man hatte ihren Bauch unschön zugerichtet, regelrecht aufgeschlitzt. Deshalb hatte sie jetzt vier Wochen hier im Dock einer Werft auf den Orkney-Inseln gelegen.

Die „Falken-Queen" war sehr böse auf ihren Besitzer - Dennis. Wie konnte der auch dieses wundervolle und stolze Schiff nur „ausleihen".

Gut - Dennis hatte ja nicht gewusst, was passieren würde. Aber das war ja jetzt auch egal – es war eben passiert.

Dennis hatte sein Schiff an seinen Freund **Jörg** ausgeliehen. Der war kein Fremder für Dennis. Es war ein guter Freund, aus alten und heutigen Tagen. Jörg war Banker, und Dennis hatte so manchen guten und finanzträchtigen Tipp von seinem Freund bekommen. Irgendwie fühlte er sich etwas verpflichtet, und bei der äußerst günstigen Finanzierung, da war Jörg auch die Nummer Eins gewesen, auch wenn Dennis dies eigentlich gar nicht nötig gehabt hätte.

Und dann war es eben passiert. Hatte man an Bord etwas zu viel gefeiert, hatte man eben doch nicht das nötige „Know how"?

Jedenfalls hatte Jörg, der gerade am Steuer des Schiffes war, einen Riesenschaden verursacht. Er hatte eine Untiefe übersehen. Wie auch immer, es lag wohl nur an der äußerst soliden Konstruktion, dass das Schiff nicht gesunken war.

Mit viel Mühe hatten es Schiff und Besatzung geschafft, doch noch einen Hafen zu erreichen. Leider viel zu spät war Jörg bekannt geworden, was der „Orkney-Heritage-Society" gemahnt hatte, nämlich – nicht mit dem eigenen Schiff die Orkney`s anzusteuern – wegen den lebensgefährlichen Gewässern.

Das alles war jetzt vier Wochen her. Die Werftarbeiter hatten ganze Arbeit geleistet. Und die „Falken-Queen" hatte nicht nur unter der Wasserlinie eine Erneuerung erfahren. Auch der obere Teil war frisch überholt worden. Das Schiff sah aus, als ob es brandneu aus dem Bestell-Katalog entsprungen war.

Und das Schiff wartete jetzt darauf, nach Hause geholt zu werden – nach Deutschland.

Hamburg   ... am selben Tag

Dennis hatte sehr gute Laune.   Gerade erst hatte er ein Gespräch mit den Orkney-Inseln geführt, genauer gesagt – mit der Werft, wo seine „Falken-Queen" lag.

„Ihr Schiff ist wieder vollkommen in Ordnung", hatte man ihm mitgeteilt.   „Der Boden wurde an den schadhaften Stellen ausgetauscht, das Deck ist blank gescheuert, alles ist in hervorragendem Zustand.   Kurzgesagt – ihr Schiff wartet darauf, wieder in See zu stechen."

„Dann kann es ja los gehen", hatte Dennis vergnügt ausgerufen.   Und der Werft hatte er mitgeteilt, dass er so bald wie möglich mit einer Mannschaft eintreffen wird.   „Haltet mir solange den Regen vom Schiff fern", gab er noch übermütig mit auf den Weg.   „Wo mein Schiff gerade so schön sauber ist."

Dennis konnte nicht sehen, dass der Werft-Mann den Kopf schüttelte, während er antwortete: „Klar doch, wir haben für solche Fälle hier riesige Regenschirme zur Verfügung."

Auf den Orkney-Inseln wurde jetzt bei den Werft-Arbeitern erst einmal die Fertigstellung der „Falken-Queen" gefeiert.

Es war ein mehr als lukrativer Auftrag gewesen, der dort nun wahrlich nicht mehr so oft vorkam, wie dies in langer Vorzeit der Fall gewesen war. Man war jetzt froh, wenn überhaupt noch ein Auftrag herein kam.

Die Havarie eines so schmucken und wertvollen Schiffes kam da mehr als gelegen. Und der schottische Single-Malt, der jetzt in den Gläsern der Männer floss, der war schon mit eingerechnet.

Kein Wunder, dass es bei einer Runde nicht blieb.

Hamburg   ...2 Stunden später

Dennis nahm ebenfalls einen schottischen Single-Malt in die Hand – in seinem ganz speziellen Lieblingsglas.   Seine Stimmung war während der vergangenen Zeit nach dem Anruf noch weiter enorm positiv gestiegen.

Und er hatte nicht allein ein Glas in der Hand. Als erstes nach dem Orkney-Gespräch hatte er seinen Freund Jörg angerufen.

„Hallo, du alter Havarist", hatte er ihm zugerufen. „Die „Falken-Queen" wartet auf ein neues Abenteuer! Diesmal gibt es aber eine Bedingung: Du darfst bei der nächsten Fahrt nicht mehr ans Steuerrad - das wird mir sonst zu teuer!"

Jörg hatte nur gelacht, wusste er doch genau, dass dies alles nicht ganz so ernst gemeint war, wie es sich anhört und dazu nur geantwortet: „Keine Angst, wenn mir wieder etwas passiert, dann habe ich ja immer noch den Tresor unserer Bank hier.   Du wirst schon nicht verarmen, wenn ich nochmal Mist bauen sollte.   Ich hoffe also sehr auf Strafaussetzung zur Bewährung!"

Dennis und Jörg prosteten sich erneut zu. „Vergeben, versprochen und vergessen", rief Dennis, und Jörg bekreuzigte sich zum Zeichen der Erleichterung.

„Wie stellst du dir denn eigentlich die Rückholung des Schiffes vor?", fragte Jörg und legte fragend die Stirn in Falten. „Wir beide allein können das ja wirklich kaum bewerkstelligen. Wenn ich nur daran denke, dass ich bei der Unglücksfahrt mit weiteren 5 Leuten an Bord war – und trotzdem alles schief ging – dann läuft es mir jetzt noch kalt den Rücken runter."

Dennis wurde kurz nachdenklich, dann hellte sich seine Miene sofort wieder auf. „Ich habe da eine Idee", sagte er. „Was hältst du denn davon, wenn unsere alte Bande aus Studienzeiten mit von der Partie ist?"

„Die Idee ist wirklich toll", war Jörgs Antwort – wie aus der Pistole geschossen. „Das wäre eine tolle Sache. Lass uns versuchen, ob wir noch alle einmal zusammen bekommen!"

„Ok, dann versuch du doch bitte einmal, ob Alexander noch aufzutreiben ist", sagte Dennis. „Ich bemühe mich dann um Isabel und Tina."

Jörg lachte laut.   „Immer noch der alte Schwerenöter von damals! Pickt sich immer noch die Rosinen heraus, womit ich hiermit Isabel und Tina meine. Aber gut – lass mir eine davon übrig, dann soll es gut sein."

Beide Männer lachten erneut, prosteten sich noch einmal zu.   Der dritte Single-Malt zeigte seine Wirkung.

Doch es war nicht zu übersehen, dass die Gesichtsausdrücke der beiden Freunde in die Nähe von Nachdenklichkeit rückten.

Da war doch noch etwas, woran beide in diesen Augenblicken erinnert wurden, und die Erinnerungen daran trübten ihre Stimmung.

Hamburg   ...ein anderer Stadtteil

Josef Brote sah aus dem Fenster.   Viel konnte er nicht erkennen.   Eigentlich sah er nur auf eine Garagenwand.   Im Gegensatz zur noblen Behausung von Dennis konnte sich Josef keinen Luxus erlauben – überhaupt keinen.

Eingezogen war er hier vor ungefähr drei Jahren. Davor hatte er im Ruhrgebiet gewohnt. „Wohnen – das konnte man eigentlich nicht so nennen", dachte sich Josef Brote.   Auch dort hatte er vehement beengt mehr gehaust als gewohnt.   „Einige Tauben hatten dort in ihren Verschlägen mehr Platz als ich", dachte er wütend.   „Wie habe ich dies dort nur vier Jahre lang ausgehalten - weniger wert als eine Taube."

Josef sah aber keine Alternative.   Sozial war er schon vor ewig langer Zeit abgestiegen. „Es muss jetzt fast genau dreizehn Jahre her sein", dachte er bei sich. „Dreizehn Jahre, seitdem mein Leben praktisch in einer Nacht endete."

Danach war vegetieren angesagt – und das unschuldig.

Unschuldig – dieses Wort setzte sich mehr und mehr in seinem Kopf fest.   Jahrelang hatte er dieses Gefühl ertragen - zumindest hatte er dies versucht.   Am Anfang und noch einige Jahre später – da hatte er noch Hoffnung, es würde alles anders werden, besser werden.

Aber diese Hoffnung war schon lange vorbei, schon zu lange vorbei.

Josef   Brote   bemerkte   an   sich   selbst, wie sein Frust von Woche zu Woche größer wurde.   Inzwischen konnte er es beinahe von Tag zu Tag spüren.

Hamburg ...im Architekturbüro

Dennis hatte keine Zeit verstreichen lassen. Immer schon war er für seine spontanen Ideen und den darauf folgenden Entscheidungen bekannt, aber auch berüchtigt.

„Hallo Isabel", sagte er säuselnd.   „Wie lange haben wir uns jetzt nicht gesehen.   Warte - sind es schon zwei Jahre her, kann das sein?"

Isabel war mehr als nur überrascht über diesen Anruf, aber sie antwortete sofort: „Das stimmt, es sind tatsächlich über zwei Jahre her, dass wir uns letztmalig getroffen haben."

Dennis stutzte einen Augenblick lang.   „Mehr" kam da nicht – von Isabel?   Und er wusste auch warum – da brauchte er nicht lange nachdenken. Er hatte bei ihrer letzten Begegnung mit ihr geschlafen.   Es war einfach passiert. Beide hatten sich wirklich nur zufällig getroffen. Beim Plausch über „alte Zeiten" hatten sie sich verplauscht, und es war geschehen.

Dennis ließ den Blick durch sein Büro schweifen. Sein Büro war wirklich riesengroß. Neben dem gigantischen Schreibtisch, den vier Leute hereingetragen und aufgebaut hatten, war da auch die großzügige Besucher-Ecke. In dieser Ecke gab es ebenfalls einen sehenswerten Tisch, dazu standesgemäße Sitzmöglichkeiten. Dennis` Blick blieb am größten Möbelstück der Besucher-Ecke hängen – eine Couch, wahrhaftig ein Meisterwerk, sowohl an Stil sowie an Größe.

Dennis lächelte, denn hier war es passiert nach dem Zufallstreff mit Isabel. Die Erinnerung kam angenehm in ihm hoch, das merkte er deutlich. Doch ebenso plötzlich verfiel er zurück auf das Gespräch, das er doch im Augenblick führte.

Noch immer war die lange Pause unhörbar zwischen ihnen. Und Dennis wusste auch weiter, warum dies so war. Isabel war damals verheiratet, ihr tat es noch am selben Abend unendlich leid. Dennis hatte sich nie wieder bei ihr gemeldet. Diese Abmachung waren ihre letzten Worte, als sie sich damals trennten.

Und jetzt war Isabel wieder am Telefon. Ihre Stimme war immer noch aufregend, auch wenn sie nur wenige Worte gesprochen hatte.

Es war jetzt Isabel, die das Gespräch wieder aufnahm. „Dennis, du weißt, dass wir uns nie wiedersehen wollten und auch nicht sprechen. Ich muss mich schon sehr wundern, dass du mich nach so langer Zeit anrufst. Ist etwas passiert?"

Dennis wurde aus seinen Gedanken gerissen, dann hatte er sich wieder gefasst und antwortete: „Entschuldige bitte, Isabel, aber es war so eine verrückte Idee."

„Dafür bist du immer schon berühmt gewesen", war Isabels` Antwort. „Aber jetzt sag schon, was ist das für eine verrückte Idee?"

Dennis atmete auf – Isabel hatte nicht aufgelegt. Ganz wieder auf seiner gewohnten Siegerstraße legte er los: „Also, wie du sicher noch weißt, gibt es da dieses Schiff, die „Falken-Queen". Ich saß mit Jörg zusammen, wir sprachen über alte Zeiten – entschuldige!"

„Ist schon gut", sagte Isabel schnell - neugierig geworden. „W a s ist mit dem Schiff?"

„Das Schiff hatte eine Havarie. Es liegt im Augenblick auf den Orkney-Inseln in der Werft."

„Oh Gott, wurde jemand verletzt? Ist das Schiff noch zu retten? Schließlich kenne ich die „Falken-Queen". Wenn du in deinen alten Erinnerungen kramst, wirst du dich sicher an einige Törns erinnern!"

„Sicher erinnere ich mich, an alles. Das war schon eine aufregende Zeit – damals", antwortete Dennis mit Begeisterung. „Und ich kann dich voll beruhigen. Es ist keinem etwas passiert, und das Schiff ist bereits repariert worden. Ich hatte die „Falken-Queen" an Jörg ausgeliehen, der mit einigen Kollegen seiner Bank einen Segeltörn machte. Dabei wurde das Schiff beschädigt. Also – nicht weiter schlimm. Es ist alles wieder in Ordnung."

„Schön – soweit", sagte Isabel und atmete tief durch. „Aber jetzt sag schon, warum rufst du wirklich an?"

Dennis zögerte – er war sich mit einem Male überhaupt nicht mehr sicher, ob es richtig ist, was er im Augenblick tat. Und seine Zweifel hatten mit „der Couch" zu tun.

Isabel merkte sein Zögern und sagte: „ Dennis, es ist nicht weiter schlimm, dass du mich anrufst.

Es war zwar überhaupt nicht in Ordnung, was damals passiert ist, aber mit der Zeit hat sich bei mir so einiges geändert. Ich bin inzwischen geschieden."

Bei Dennis löste sich eine gewaltige Anspannung - bei diesen letzten Worten von Isabel. Sogleich bekam er wieder Oberwasser, als er fragte: „Isabel, hast du Zeit für einen größeren Segeltörn? Jörg und ich haben da so die Idee, meine „Falken-Queen" persönlich von den Orkneys abzuholen. Und das würden wir am liebsten mit „unserer" alten Mannschaft von früher machen."

„Dennis, du meinst euch beide, Tina, mich, Alexander und ….?"

Plötzlich schwieg sie – und Dennis wusste warum. Ein Name fehlte, ein Name, der bei ihnen allen nie wieder vor kam.

„Ja", sagte Dennis, „ich meine alle, die du aufgezählt hast. Was sagst du dazu? Hättest du Zeit? Die Fahrt könnte so an die drei Wochen lang dauern. Aber es wird toll, das kann ich dir versprechen. Du wirst es nicht bereuen!"

„Dennis, ich brauche etwas Zeit, aber bestimmt nicht lange", sagte Isabel nachdenklich. „Zurzeit bin ich arbeitslos, das würde schon passen. Davor habe ich zuletzt als Stewardess bei einer kleinen Gesellschaft gearbeitet. Auf deinem Schiff bin ich aber wohl nicht als Bedienung eingeplant – oder?"

Beide mussten einige Zeit lang lachen, bis Dennis sich räuspernd laut bemerkbar machte. „Du bist ein vollwertiges Crew-Mitglied. Auch ohne Glied hast du alle Rechte auf deiner Seite - wie alle auf dem Schiff."

Erneut mussten beide lachen. Isabel schüttelte am anderen Ende der Leitung ihren hübschen Kopf, als sie sagte: „Dennis, du wirst dich wohl niemals ändern!"

„Muss ich das denn", war seine Antwort. Aber sogleich darauf ergänzte er sich: „Ich meine es wirklich ehrlich. Bitte komm mit auf unsere Tour."

„Ich rufe dich gleich morgen früh an, Dennis. Einiges muss ich doch noch vorher regeln"

Dann beendete Isabel das Gespräch. Dennis lehnte sich zufrieden zurück und schloss für einige Augenblicke die Augen.

Als er diese wieder öffnete - streifte sein Blick die Couch.

Josef Brote hatte sein Frühstück beendet. Am Ende des Monats reichte es nur noch für Brot aus dem Second-Hand-Laden, wo die Ware vom Vortage zum ermäßigten Preis angeboten wird. Fast immer war es die gesamte letzte Woche im Monat, wo er dazu gezwungen war.

Inzwischen kannte man sich dort, kannte die Verkäuferinnen hinter der Ladentheke und auch viele der Kunden, die davor standen. Viel hatte er mit denen nicht zu reden. Zumeist kam es nur zu einem kurzen Zunicken, wenn man den Laden betrat. Josef kannte dort niemanden, der Fröhlichkeit im Gesicht erkennen ließ, doch sein Gesicht sah allen wohl ähnlich.

„Was für eine scheiß Zeit ist dies", dachte Josef. „Was für eine Zeit, wo man froh über ein Stück Brot sein muss – und das in Deutschland."

Bitterkeit überkam ihm, und seine Gedanken wanderten erneut zurück zu dem Tag, an dem sein Unglück anfing. Mit einem Brot von gestern und einem schon trockenen Stück Kuchen ging er schnell zurück in sein „Reich".

Jörg saß an seinem Schreibtisch in der Bank. Auch er hatte einen sehr aufwendigen Schreibtisch, den er nach einigen Beförderungen bekam. Schließlich war er vom Schalter über das erste Büro, das er sich noch mit zwei weiteren Beschäftigten teilen musste, bis zu einem ersten Einzelbüro gekommen. Und nun saß auch er in einem recht beachtlichen Büro.

Mit dem Raum von Dennis kam dies alles nicht mit. Gut, Jörg hatte auch Besprechungen zu führen. Dafür gab es eine 6-teilige Sitzgruppe, mit einem dazugehörigen Tisch – natürlich - aber eine Couch fehlte.

Jörg versuchte es schon zum vierten Mal, konnte Alexander aber immer noch nicht erreichen. Langsam wurde er ungehalten.

„Warum muss ich eigentlich hinter „dem" hinterher telefonieren", sagte sich ein ärgerlicher Jörg. „Schließlich müsste Dennis doch besser wissen, wo Alexander stecken könnte. Letztendlich lebt Alexander doch von den Aufträgen und Besorgungen, die ihm Dennis zuschustert, seit er durch die Architekten-Prüfung gerasselt ist. Wo steckt der Kerl denn nur?"

Jörg hatte nur noch einen Chef über sich. Mit dem besprach er in den nächsten Minuten den Urlaubsplan. Für die nächsten Wochen war der Plan noch offen. Jörg belegte einen ganzen Monat. Innerhalb dieser Zeit würde die Reise wohl stattgefunden haben.

Er freute sich darauf. Endlich wieder einmal ein Abenteuer. Sein Bürosessel füllte ihn nicht ganz aus.

Josef Brote schreckte aus einem unruhigen Schlaf hoch. Er wachte mit dem Gedanken auf, dass jemand ihm zurief „Back lieber kleine Brötchen!" Und Josef wusste, von wem dieser Ruf kam. Er wusste es nur zu gut, würde niemals vergessen, wie oft er mit diesem Spruch gehänselt wurde.

Was konnte er denn dazu? Als einziger aus der Clique kam er nicht aus einem vermögenden Elternhaus. Seine Studiengänge musste er sich hart erarbeiten – oder besser gesagt – verdienen. So hatte er auch in einer Bäckerei geschuftet, war schon in der Backstube, während die anderen der Clique gerade erst in ihre warmen Betten geschlüpft waren und bis „in die Puppen hinein" ausschlafen konnten. Josef Brote hatte es nie leicht gehabt.

Aber bis zu dem verdammten Abend, besser bis zu der verdammten Nacht vor dreizehn Jahren, da war er einigermaßen zufrieden. Schließlich hatte er ein Ziel – die erfolgreiche Beendigung seines Architektur-Studiums.

Alles hatte sich in jener Nacht zerschlagen, seine Zukunft, seine Freunde, wie sich das leider bereits kurz danach heraus stellen sollte.

Seitdem Josef nach Hamburg gezogen war, hatte es ihn immer wieder zum Hafen gezogen. Und er wusste auch – warum. Er suchte ein bestimmtes Schiff, versuchte zumindest heraus zu finden, ob es dies überhaupt noch gab.

Dann war ihm doch noch ein Gedanke gekommen, wie er zu einem Treffer gelangen kann. Sein Einfall, über das öffentliche Schiffregister zum Erfolg zu kommen, war Gold wert. Wenn das von ihm gesuchte Schiff hier seinen Heimathafen hat, dann wird es wohl auch im öffentlichen Register beim hiesigen Amtsgericht zu finden sein.

Und so war es dann auch. Die „Falken-Queen" war hier beheimatet.

Dennis war äußerst zufrieden. Isabel hatte er schon so gut wie in der Tasche. Sicher wird sie den Verlockungen dieser schönen Reise nicht widerstehen können. Sein Blick streifte schon wieder die Couch.

Dann wählte er die ihm zuletzt bekannte Nummer von Tina. Zu seinem Erstaunen hob Tina sofort ab. „Hallo, wer ist da?", hörte er ihre Stimme.

Dennis wunderte sich über ihre tiefe Stimme, die ihm sonst ganz anders in Erinnerung war.

„Hi, hier ist Dennis, kaum zu glauben – was?"

„Meine Güte, Dennis", antwortete Tina, wirklich mehr als nur überrascht. „Dich habe ich ja ewig nicht mehr gesprochen. Hast du wenigstens gute Neuigkeiten – ich leider nicht."

„Tina, die hätte ich tatsächlich", sagte Dennis. „Aber sag mir doch bitte erst, was los ist. Du hörst dich auch so ganz anders an. Ist etwas mit deiner Stimme?"

„Wenn es nur das wäre. Ich muss für einige Zeit ins Krankenhaus. Eine Niere ist wohl im Eimer."

Damit hatte Dennis nun überhaupt nicht gerechnet, war wirklich bestürzt.

„Tina, was machst du für Sachen.   Ist es wirklich so schlimm?", fragte Dennis, und seine Sorge war klar zu erkennen.

„Es ist wohl nicht mehr zu vermeiden", antwortete Tina mit tiefer Stimme und lieferte gleich eine weitere Erklärung.   „Tut mir leid, aber ich kann dich noch nicht einmal treffen oder empfangen. Ich habe mir eine Grippe eingefangen.   Die muss ich unbedingt los werden, sonst wird es mit der Operation nichts.   Und die muss so bald wie möglich erfolgen."

Dennis` Bestürzung wuchs.   „Es tut mir auch leid, sehr sogar.   Aber es ist auch so schade, weil ich dich eigentlich schon fest eingeplant habe – für eine Seereise, du weißt schon, mit der „Falken-Queen".

Dennis erzählte Tina die ganze Geschichte mit der Havarie und auch, was Jörg und er ausgeheckt hatten.

Es tat Dennis leid, dass er Tina mit ihrer Krankheit allein lassen musste. Er ärgerte sich jetzt auch ein bisschen, dass er das mit dem Schiff überhaupt erzählt hatte.

Fröhlicher machen konnte das Tina sicher nicht.

Dennis versprach ihr aber, sie mit der ganzen Mannschaft zu besuchen, wenn sie alles überstanden hat.

Tina sank zurück auf ihr Kopfkissen. „Versprechen sind nicht so deine Stärke", sagte sie im Geiste zu Dennis.

Jörg hatte Alexander immer noch nicht erreicht, da erklang sein Smartphone. Auf dem Display erschien die Nummer von Dennis.

Gerade wollte Jörg erklären, dass er Alexander noch nicht erreicht hatte, da nahm ihm Dennis das Wort aus dem Mund.

„Hallo Jörg – nach Alexander brauchst du nicht mehr zu suchen. Er war gerade hier, ist mal wieder abgebrannt und sucht einen Job. Ich habe ihm das mit unserem Segeltörn gesagt, und er ist natürlich begeistert. Er will sich auch nützlich machen, sagt er." Dennis lachte dabei.

Dennis berichtete seinem Banker auch noch die Geschichte mit Tina, die für die vorgesehene Fahrt ausfiel. Auch Jörg zeigte sich bestürzt über Tinas Krankheit und fuhr zur weiteren Besprechung zu Dennis in dessen Büro.

„Dennis", sagte Jörg. „Ich habe da so eine Idee. Die Reise an für sich wird sicher wundervoll. Wie wäre es denn, wenn wir dafür einen Koch an Bord haben, der uns so richtig verwöhnt? Dann können wir die ganze Sache noch mehr genießen, relaxen und müssen uns um Speisen und Getränke gar keine Gedanken machen."

„Super-Idee", meinte Dennis. „Überhaupt – wenn wir unsere Reise so durchziehen wollen, wie ich mir das vorstelle, dann sind wir drei Männer an Bord ziemlich gefordert, wenn das Wetter schlecht sein sollte. Die See kann dort oben sehr tückisch sein, wie man an deiner Havarie deutlich sehen kann."

„Gut, dass du das ansprichst", meinte Jörg und verzog das Gesicht. „Gerade fing ich an, dieses Missgeschick zu verdrängen. Danke für den kleinen Nackenschlag!"

Dennis legte seinen Arm auf Jörgs Schulter. „Brauchst nicht gleich in Tränen auszubrechen. Ist ja schon gut – Papa nimmt dich ja mit auf die Reise!"

Jörg sagte zwar „Ok", aber das klang nicht so ganz überzeugend. Irgendwie war er doch ein wenig sauer über die Bemerkung von Dennis, eine unpassende Bemerkung, wie Jörg meinte. Aber Dennis war der Boss auf dem Schiff und Jörg wollte unbedingt dabei sein.

Dennis versuchte noch einmal, den Frieden wieder her zu stellen.

„Jörg", sagte er, „es ist wirklich ein guter Vorschlag von dir – das mit dem Koch. Ich werde eine Anzeige aufgeben und mich auch ein wenig umhören, einen geeigneten Herrn oder eine Dame zu finden   Eigentlich würde ich in unserem Fall eher einen Mann bevorzugen, denn wie ich schon sagte, jemand sollte uns kraftvoll zur Hand gehen können, wenn die Lage mit dem Wetter und dem Schiff schwierig werden sollte – Ok?   Bis wir in fünf Tagen in See stechen wollen, da sollte doch jemand zu finden sein."

„Alles klar, Skipper!", salutierte Jörg.   Beide stießen sich in die Rippen und gaben sich die fünf.

Eine Stunde später trafen sich Dennis, Jörg und Alexander, um einige Dinge fest zu legen. Hinsichtlich der Idee mit dem Koch an Bord hatte Alexander etwas beizutragen.

„Hört mal", sagte er, „für eine Anzeige in der Zeitung ist die Zeit recht kurz.   Wie wäre es denn, wenn wir am Hafen einen Aushang machen?"

Dennis und Jörg schauten sich an und stimmten erfreut zu.

„Sehr gut, Alexander, du bist ja doch zu gebrauchen."

Alexander zuckte innerlich. Da war es wieder – diese Stichelei von Dennis, was der manchmal einfach nicht sein lassen konnte. Alexander hatte das schon oftmals „schlucken" müssen, denn er war auf Dennis angewiesen, beruflich und finanziell. Aber innerlich verfluchte er Dennis dafür.

Josef Brote stand am Hafen – wieder einmal, wie er feststellte. In den letzten Tagen war er eigentlich jeden Tag mindestens einmal hier vorbei gekommen. Das fing mit dem Tag an, an dem er erfuhr, dass die „Falken-Queen" hier in Hamburg ihren Heimathafen hat.

Gefunden hatte er das Schiff noch nicht. Wie sollte er auch wissen, dass dies gar nicht möglich war. Josef konnte nicht wissen, dass das Schiff auf den Orkney-Inseln fest lag.

Josef wunderte sich, wie viele Schiffe hier vor Anker lagen, aber das gesuchte Schiff war einfach nicht dabei. Da fiel sein Blick auf einen der Holzpfähle, die den Hafen säumten. Sein Blick fiel auf einen Aushang.

E i l t   s e h r !

„Ein Jollenkreuzer sucht für ca. 3 Wochen einen Koch, der seine vierköpfige Mannschaft schmackhaft bei Laune hält. Erfahrung mit Segelschiffen wäre hilfreich bei der Bewerbung unter 983922987."

Josef las die Anzeige mehrmals und war sich beinahe sicher, dass er einen Treffer gelandet hatte. Er hatte das so im Gefühl.

Unter der Anzeige war eine Telefon-Nummer angegeben – eine Telefonnummer in Hamburg. Bis zum nächsten Morgen zögerte er noch.

Als er dann die Nummer anwählte, meldete sich am anderen Ende ein Dennis.

Josef wäre beinahe der Hörer aus der Hand gefallen. Nur mühsam bekam er einige Worte heraus, dass er den Aushang gelesen hat und interessiert ist.

Ungelogen konnte er von sich behaupten, dass er mehr als ein Hobby-Koch war, denn als Hilfskoch hatte er sich ab und zu durchgeschlagen. Und seine Segelschiff-Erfahrung war auch echt. Vor vielen Jahren war er genau auf diesem Schiff gewesen, hatte viele schöne Stunden dort verbracht – auf der „Falken-Queen".

Dennis war höchst erfreut. Zum einen wartete er auf die schriftliche Bewerbung hinsichtlich der „Koch-gesucht" - Anzeige", die spätestens morgen früh in seinem Briefkasten im Architektur-Büro landen soll. Zum anderen freute er sich riesig, weil Isabel zugesagt hatte. Sie wird mit auf die Reise gehen. Dennis erwischte sich dabei, mühsam n i c h t in die Couch-Ecke zu sehen. Ein Schmunzeln konnte er sich dennoch nicht verkneifen.

Noch am selben Abend trafen sich Dennis, Jörg, Isabel und Alexander am Hafen. Sie saßen an der Fensterfront eines kleinen gemütlichen Cafés. Von dort aus fiel ihr Blick direkt auf den Masten, an dem ihre „Anzeige" hing.

Und Dennis berichtete von dem Anruf und dass sie wohl jetzt schon einen Koch gefunden haben. „Das wird sich morgen früh entscheiden", sagte Dennis. „Dann habe ich die Bewerbung auf dem Tisch, mit Foto, denn wir wollen ja keinen Hässlichen an Bord haben, nicht wahr Isabel?"

Isabel schüttelte nur den Kopf. „Dieser Dennis", dachte sie, „ist immer noch so schlimm wie damals."

„Gut", sagte Jörg, „nachdem wir dieses wichtige Thema wohl fast geklärt haben - wo soll die Reise denn hin gehen oder besser lang gehen, wenn wir die „Falken-Queen" aus ihrem Gefängnis-Dock gerettet haben?"

Alle Blicke richteten sich auf Dennis. Das war klar – Dennis war der Macher, immer schon gewesen. Außerdem gehörte ihm ja das Schiff. So war es bei dieser Besetzung der zusammen sitzenden Gruppe klar, dass man zuerst von ihm Vorschläge hört.

„Natürlich habe ich schon darüber nachgedacht", sagte Dennis. „Jörg, du bist doch vor der schottischen Küste sozusagen gestrandet."

Jörg spürte Unwohlsein in ihm aufkommen. Da war es wieder, ein erneuter Stich bezüglich der Havarie. Es gelang Jörg kaum, sich nichts anmerken zu lassen. Wie es in ihm aussah......!

„Sorry, Jörg", fuhr Dennis fort, „ich habe noch nie Schottland umrundet. Als Anfang können wir ja die Fahrt bei den Orkneys beginnen, wo das Schiff schon mal dort ist – was meint ihr?"

Isabel schnippte mit den Fingern, ganz wie ein übermütiges Schulkind. „Das finde ich ganz toll. Wie ihr ja inzwischen wisst, meine Finanzen sind nicht so rosig, dass ich wohl jemals nach Schottland komme. Schauen wir dann vielleicht auch bei der „Isle of Skye" vorbei? Da möchte ich zu gerne einmal hin."

Jörg gab die Antwort. „Da wir uns ja vor unserer Havarie-Fahrt auch schon vorbereitet haben, wo es lang gehen soll, da hatten auch wir die Idee, diese schöne Insel zu besuchen, auch wenn die als Nebel-Insel etwas verschrien ist. Ja, Isabel, dann würden wir, nachdem wir die Nordküste Schottlands hinter uns haben, auch südlich auf die „Isle of Skye" zusteuern. Wenn es allen genehm ist, will ich sagen."

Bei dem Wort „Havarie" hatte Jörg zu Dennis hinüber gesehen und ihm ein Auge zugekniffen. Er wollte dem unbedingt den Wind aus den Segeln nehmen, bevor der wieder damit anfing.

Dennis hatte das bemerkt und lächelte. „Also, ich bin dabei, denn diese Insel kenne ich auch noch nicht, und regnen soll es dort gar nicht immer."

Alexander meldete sich zu Wort. „Ich muss euch jetzt leider verlassen, denn ich muss noch zu einem Job. Ihr wisst ja, ich bin ziemlich eng, und den darf ich nicht verlieren."

„In Ordnung", sagte Dennis. „Ich denke, dass wir für heute auch genug besprochen haben. Warten wir also ab, bis morgen die Koch-Bewerbung bei mir auf dem Tisch liegt. Und die Fahrt bis zur „Isle of Skye" ist ja auch schon so gut wie fertig geplant – bis auf Einzelheiten."

„Ok – treffen wir uns morgen Abend hier um die gleiche Zeit wieder?" warf Jörg ein.

Alle nickten und gemeinsam verließen sie das Cafe, froh gelaunt und gespannt auf die Dinge, die da kommen werden. Eine wunderschöne Fahrt hatten alle vor Augen, eine Reise, die sicher auch aufregend sein würde.

Josef Brote saß an seinem Minitisch, der gerade so in sein kleines Apartment hinein passte. Und Josef Brote hatte ein Problem. Probleme hatte er eigentlich schon immer gehabt, eigentlich schon von klein auf. Die zogen sich durch seine ganze Schulzeit, gingen nahtlos in sein versuchtes Studium über und hörten eigentlich überhaupt nicht auf – erst recht nicht durch „die Nacht vor dreizehn Jahren".

Dieses Problem, an dem er schon seit Stunden knabberte, war aber ein ganz Besonderes. Sicher, er hatte es schon mit vielen „Bewerbungen" versucht, und ab und zu hatte er auch Glück gehabt, ein paar Euro zu seiner kargen Stütze hinzu zu verdienen. Nie hatte es vorne und hinten gereicht, wie die Sache mit dem Brot zum Monatsende ihm immer wieder deutlich zeigte.

Das Problem für ihn war, dass er wohl nicht genommen wird, wenn er seinen richtigen Namen angibt. So konnte er auf die Segelschiff-Fähigkeiten nur einigermaßen glaubhaft hinweisen und hoffen, dass Dennis keine ernsthaften Papiere dafür benötigte. Josef hatte da zwar seine Segel-Lizenz parat, aber die konnte er unmöglich - ohne aufzufallen - einreichen.

Ebenso verhielt es sich so mit seinen Angaben als Koch.   Einige Arbeitspapiere hatte er wohl, zwar nicht von den besten Adressen, aber auch dort stand ja überall sein Name darauf.

Es war also ein Pokerspiel – seine Bewerbung. Josef hoffte darauf, dass nicht große Nachweise verlangt werden.   Auch setzte er auf die kurze Zeit, die in der Anzeige am Hafen angegeben war. „Sofort" stand dort, für Überprüfungen blieb dann wohl nicht viel Zeit.   Es musste einfach klappen.

Das war nicht sein größtes Problem, denn es hieß: „Bewerbung m i t F o t o erwünscht".

Ein Foto würde er sich gleich noch ganz schnell aus einem Automaten beschaffen können. Würde Dennis ihn darauf erkennen? Würden ihn die weiteren Crew-Mitglieder erkennen?   Josef war sich sicher, dass es sich da um Bekannte von früher handelt, wahrscheinlich einige aus der Studienzeit.

Die Nacht vor dreizehn Jahren holte ihn langsam ein.

Dennis telefonierte noch einmal mit der Werft auf den Orkney`s. Er teilte mit, dass seine Crew in vier Tagen dort eintrifft. Und weiter gab er eine Liste mit den notwendigsten Sachen durch, die für die ersten Tage benötigt werden – darunter auch Lebensmittel und Getränke.

Mit Jörg, Isabel und Alexander war alles Ok – die waren für die Reise bereit. Alexander war zunächst noch etwas unklar, denn der hatte gerade einen Job und war sich nicht sicher, Urlaub zu bekommen, wo er doch gerade erst ein paar Tage dort war. Dennis wischte seine Bedenken fort. Er versprach, ihm einen neuen Job zu verschaffen, wie er das immer tat.

Alexander war sich klar darüber, dass er durch diese Abhängigkeit zum Laufburschen von Dennis degradiert war – aber gab es andere Alternativen?

Heute Abend wird noch eine weitere Besprechung am Hafen erfolgen – wie abgemacht. Dann würde Dennis die Flüge für „seine Mannschaft" buchen, um zum Schiff zu gelangen.

Ein Mitarbeiter seines Büros brachte ihm einen Umschlag: **„E i l t – Bewerbung"** stand darauf.

Josef Brote hatte sich entschlossen. Vor sich hatte er das neue Foto für die Bewerbung liegen, das verglich er mit einem sehr alten Foto, das schon an die fünfzehn Jahre alt war. Mit den Angaben zu seinen Fähigkeiten bzgl. Koch und Segeln war er sparsam umgegangen, aber sie erschienen durchaus glaubhaft – hoffte Josef zumindest.

„Manche verändern sich auf Fotos fast überhaupt nicht", sagte Josef zu sich selbst, „auch dann, wenn zwischen den Aufnahmen Jahrzehnte liegen." Bei ihm war das ganz anders. Wenn er die beiden Fotos verglich, erkannte er sich ja fast selbst nicht wieder.

Josef schloss die Augen und stellte sich bildhaft vor, wie er damals ausgesehen hatte. Es war seine Sturm- und Drangzeit, die er mit Dennis und Co. verbracht hatte. Er trug ziemlich lange Haare, war der Hippie der Gruppe und war schmal gebaut – regelrecht dünn. Sein Körper hatte wohl noch nie ein Sportstudio gesehen, Muskeln waren bei ihm Mangelware.

„Als Architekt brauche ich ja die Mörtelkübel nicht selbst zu schleppen", hatte er nur gesagt. Damals waren ihm Muskeln einfach nicht wichtig.

Josef stand auf, schaute in einen Spiegel. Wie hatte er sich gewandelt! Nichts war mehr übrig „von früher". Inzwischen hatte er einen Bart, sein Oberkörper spannte sich unter seinem T-Shirt, er war merklich breiter geworden, nicht nur an den Schultern. Den „schmalen Jüngling" von damals gab es nicht mehr. Nur die Unbekümmertheit von damals, die hätte Josef wieder gerne etwas zurück gehabt. Nichts war mehr so – wie damals. Etwas hatte ihn gebrochen – vor dreizehn Jahren.

Und jetzt sah er plötzlich die Möglichkeit, sich ein Stück vom Leben zurück zu holen.

Josef hatte sich noch vor dem neuen Foto den Kopf rasiert. Eine Sonnenbrille mit seinem neuen Gesicht schaute ihn aus dem Spiegel an. Wahrhaftig, nicht mal er selbst erkannte sich, und er war sich sehr sicher, niemand sonst wird den alten Josef Brote von früher erkennen.

Seine Bewerbung hatte er noch in der morgendlichen Dunkelheit in den Briefkasten des Architekturbüros eingeworfen. Josef hatte an fast alles gedacht, auch daran, nicht so schnell zum „Anschauen" vorgeladen zu werden, auch wenn die ganze Sache eilig schien.

Dazu hatte er in seine Bewerbung geschrieben, dass er im Augenblick nicht in Hamburg ist – zur Erledigung wichtiger Dinge; aber in zwei Tagen wäre er für alles bereit.

Jetzt wartete Josef auf den Anruf, der sein weiteres Schicksal entscheiden würde.

Dennis öffnete den überbrachten Umschlag. „Das klappt ja schon mal", dachte er. „Wenn der Kerl auch sonst so schnell kapiert und zuverlässig ist, dann wäre ja alles in Butter."

Dennis las die Bewerbung, schaute sich das Foto an. Es schien soweit alles in Ordnung zu sein. Kräftig sah der Bursche aus, konnte wohl mit anpacken – das war schon mal gut. Und die Kochkünste können ja wohl erst an Bord erprobt werden. Nur eines störte ihn ein wenig - dass man ihn nicht begutachten kann, weil er im Augenblick nicht in Hamburg ist.

Dennis überlegte nur kurz, dann hatte er sich entschieden. Die Zeit war zu kurz, um noch auf weitere Bewerbungen zu warten. Dennis rief den Bewerber an – **M a x   N a c h b a r** stand da auf dem Bewerbungsschreiben und unter dem beigefügten Foto.

„Ein seltsamer Name", dachte Dennis. „Was gibt es doch viele Nachbarn - jeder ist doch irgendwie Nachbar – von jemandem. Aber als Familien-Namen habe ich den noch nie gehört."

Max Nachbar meldete sich nur Sekunden später. Fast hätte er sich vertan und sich mit Josef Brote gemeldet. Beinahe hätte er damit alles verdorben.

Dennis fragte „den Bewerber", ob er auch Zeit genug habe, denn die Reise könne wohl an die drei Wochen dauern. Er ließ sich auch ein paar Sachen erzählen, was denn so kulinarisch zu erwarten ist. Die Antworten schienen ihm in Ordnung, dann kam er zum Punkt.

„Also Herr Nachbar", sagte Dennis und sogleich: „Entschuldigung, dass ich lachen muss, aber irgendwie kommt mir diese Anrede nicht so ganz geläufig vor. Vielleicht sollten wir es „bei Max" belassen, wenn sie damit einverstanden sind?"

„Na klar", sagte „Max", „das ist ja nicht das erste Mal, dass es jemandem merkwürdig vor kommt. Also - ich bin der Max!"

„Gut, dann ist das ja geklärt", sagte Dennis. „Auf dem Schiff „duzen" wir uns ja alle sowieso. Da sind wir eine Crew, und es gibt keine Unterschiede. Also - Max, herzlich willkommen an Bord – auch wenn es noch eine Weile dauert."

Beide lachten, und Dennis erklärte Max, worum es eigentlich geht, von wo aus es los geht und wann es los geht.

Josef Brote – alias Max Nachbar – hatte sich schon reichlich Gedanken gemacht, wie er nicht allzu viel Zeit mit „den anderen" verbringen muss, bevor er auf dem Schiff ist. Die Gefahr besteht natürlich zu jeder Zeit, dass man ihn erkennt. Aber wenn er erst einmal auf dem Schiff ist ……!

„Dennis", sagte Max, „es würde mir ungeheuer gut passen, wenn wir uns erst dort oben in Schottland treffen. Ich habe leider etwas länger noch zu erledigen, will aber unbedingt mit auf eure Tour. Wäre es in Ordnung, wenn ich dann „oben" zu euch stoße? Ich glaube noch zu wissen, dass direkt vor den Orkney-Inseln ein Ort ist, der dann als Treffpunkt gut wäre. Der letzte Ort dort oben auf dem Festland von Schottland heißt „John O`Groats". Ich versichere, dass ich dort rechtzeitig da bin. Und das Schiff bringt ihr sicher auch ohne mich von den Orkney`s bis zum Treffpunkt."

Dennis überlegte kurz. Es war ihm nicht so ganz recht, dass man ihm etwas vorschlug, was er nicht selbst erdacht hatte. Er hatte sich mit den Gegebenheiten zur Lage der Orkney`s und dem schottischen Festland bereits vertraut gemacht. Dennis entschied, das ist kein Umweg – die Entfernung macht nur wenige Meilen aus, und er spart dann noch die Flugkosten für Max."

„OK, Max", sagte Dennis. „Dann machen wir das so."

Und Dennis gab Max die genauen Daten bekannt, wann sie Ihn dort oben bei „John O`Groats" an Bord nehmen.

Josef Brote – alias Max Nachbar – war mehr als zufrieden. „Das läuft ja endlich mal positiv für mich", dachte er und überlegte, was er noch als nächstes zu erledigen hat.

Er war nicht untätig gewesen – in der Zeit von der Bewerbung bis zur soeben erfolgten Zusage von Dennis. Gedanklich hatte er bereits durchgespielt, was passiert, wenn er mit auf die Tour darf. Selbst die Bitte zur eigenen Anreise, ohne die anderen vorher schon zu treffen, war gelungen. Dennis hatte alles geschluckt.

Überlegt hatte sich Josef, dass er „John O`Groats" wie folgt erreicht. Zunächst wird er mit dem Zug nach Amsterdam fahren, dann weiter nach Amsterdam-Ijmuiden. Dort wird er die Fähre nach Newcastle nehmen. Diese Fähren sind bereits mit ihrer Größe und ihrem Angebot an Bord beinahe schon mit Kreuzfahrt-Schiffen zu vergleichen. Mit der DFDS-Seaways-Gesellschaft hatte er gerade telefoniert und ein Ticket einfacher Fahrt gebucht. Er hatte das günstigste Ticket genommen, das es gab und war sehr froh, dass er noch einen Platz auf der Fähre bekommen hatte. Von Newcastle aus – so hatte er Erkundigungen eingeholt – fährt er dann mit Bahn und Bus bis zum Treffpunkt.

Das alles war ein sehr enger Zeitplan, Josef wusste das. Aber es war machbar; wieder und wieder hatte er alles durchgerechnet. Und die Zeit war wirklich der wichtigste Faktor.

Auch die Kosten einer solchen Reise spielten natürlich eine sehr große Rolle. Josef Brote lebte ein sehr genügsames Leben. Er hatte aber eine Rücklage zur Verfügung, die auf seine Lebensweise nicht hindeutet. Diese Rücklage wird jetzt zum Zuge kommen. Es schmerzte Josef bei dem Gedanken, wo diese her kommt.

Außer den Reisekosten waren noch Ausgaben für Kleidung angefallen. Mit seinen schon sehr abgegriffenen Klamotten wollte und konnte er wohl auch nicht bei Dennis auftauchen.

Seine Rücklage schmolz dahin, aber Josef hatte wirklich gut kalkuliert.

Bis „John O`Groats" würde alles reichen. Darüber hinaus machte er noch keine Pläne.

Dennis hatte Flüge für sich, Isabel, Jörg und Alexander bis Edinburgh gebucht. Dort wollten sie noch eine Nacht verbringen, diese Nacht sozusagen in einigen Pubs auf den Kopf hauen.

Das gelang ihnen auch ausgiebig. Besonders Isabel und Alexander genossen es, endlich wieder einmal aus dem Vollen schöpfen zu können, sprich: ohne bezahlen zu müssen.

Dennis zeigte sich da sehr großzügig. Für die Übernachtung hatte er vier Einzelzimmer gebucht.

Beim Frühstück merkten die Vier, dass sie in der Nacht wohl etwas übertrieben hatten. Keiner konnte das wirklich gute Irische Frühstück mit allem Zick und Zack so richtig genießen. Die Whisky-Absacker hatten wohl etwas dagegen. Und Isabel konnte es kaum glauben, dass sie in einem Pub vor allen Gästen ein Lied zum Besten gegeben hatte. Nüchtern wäre ihr das wohl nie passiert. Aber es war wahr.

So waren sie alle froh, dass sie keinen Zeitdruck hatten - für die Weiterreise auf die Orkney`s. Auf die Vier wartete hier am Flughafen ein kleines Privatflugzeug, das sie zum dortigen Flughafen bei Kirkwall bringen soll. Dennis verlegte die Abflugzeit um drei Stunden.

Dann erhob sich das kleine Fluggerät mit seinen Gästen, deren Mägen mehr schwankten, als die Flügel des Flugzeugs. Während des Fluges fiel kein einziges Wort zwischen den Passagieren. Dem Piloten kam das schon sehr merkwürdig vor, aber es ging ihn nichts an. „Die werden schon ihre Gründe haben", dachte er.

Und das hatten die Vier auch, waren mit sich selbst genug beschäftigt.

Zum Glück war es Wetter-mäßig ein ruhiger Flug. Nicht nur die vier Passagiere waren dankbar dafür, auch der Pilot und sein Flugzeug.

Vor der Landung überflogen sie noch den Hafen und sahen die „Falken-Queen" vor Anker liegen.

Josef Brote (Max) hatte seine Reise inzwischen bis nach Newcastle geschafft.   Alles war bisher gut verlaufen.   Auf dem Fährschiff hatte er sich seit langer Zeit mal wieder wie ein richtiger Mensch gefühlt.   Er hatte das Bordprogramm genossen, in der Cafeteria etwas gegessen - das richtige Restaurant war ihm zu teuer.

Er musste mit seinem restlichen Geld haushalten, schließlich war er noch nicht an seinem Endziel angelangt.   Eine lange Anreise stand ihm weiter noch bevor.

Morgen würde er in „John O`Groats" eintreffen. Was ihn dann beim Zusammentreffen mit „der Crew" erwartet, darauf war er mehr als gespannt.

Wird er an Bord der „Falken-Queen" gelangen? Oder wird man ihn erkennen und davon jagen? Es konnte für alle eine mehr als peinliche Angelegenheit werden.

… auf den Okney-Inseln

Das kleine Flugzeug hatte sich, den Piloten und die Passagiere unbeschadet auf die Erde zurück gebracht. Dennis bedankte sich für den ruhigen Flug und beichtete dem Piloten die vorherige Nacht. Auch Isabel, Jörg und Alexander waren mehr als froh, wieder festen Boden unter den Füßen zu haben. Festen Boden? Zeitweise schien der zu schwanken – was für eine Nacht!

Nach ein paar Minuten standen sie bereits auf der „Falken-Queen". Ihre Laune überspielte alles, sogar die Tatsache, dass es – trotz Hafen – hier auf dem Schiff zeitweise mehr schwankte, als vorhin im Flugzeug.

Jörg und Isabel spielten „die" Szene aus dem Titanic-Film. Es herrschte eine ausgelassene Stimmung. Bei allen kamen die Erinnerungen an viele Feste und Fahrten mit der „Falken-Queen" hoch. Jetzt stand ein neues Event an – eine wunderschöne Fahrt – ein neues Abenteuer.

Abenteuer - aber welches, das ahnten sie nicht.

Als der Morgen graute, hatten Dennis, Jörg, Isabel und Alexander schon wieder eine Feier hinter sich, diesmal aber auf dem Schiff.

Wahrscheinlich lag es daran, dass sie sich hier immer wie zu Hause fühlten – oder wie war es zu verstehen, dass alle trotz Feier munter wie die Fische waren, munter wie die Fische, die den Kiel der „Falken-Queen" auf dem offenen Meer erwarteten.

Dieses Mal schmeckte allen das Frühstück. Dennis sagte: „Sobald wir Max an Bord geholt haben, wird uns serviert. M i t Service hat mein Schiff dann einen Stern mehr."

Jörg blickte Dennis etwas zweifelnd an. „Ich hoffe, dass er wenigstens einen guten Kaffee zustande bringt!"

Alle lachten - alles war bereit, endlich los zu fahren. Das Schiff sowieso, denn es brannte darauf, endlich wieder mehr als ein paar Fuß Wasser unter sich zu haben. Mast, Spieren und Rahe forderten dazu auf, endlich Segel zu setzen.

Die „Falken-Queen" verließ den Hafen, glitt stolz auf die offene See hinaus – nach „John O`Groats".

John O`Groats

Am kleinen Hafen stand Josef Brote, der es tatsächlich geschafft hatte, hier jetzt pünktlich auf die „Falken-Queen" und ihre Mannschaft zu warten. Dieser Ort im Nord-östlichsten Zipfel des Schottland-Festlandes war es gewohnt, dass immer viele Menschen dort waren. Viele kamen nur hierher, um einmal da gewesen zu sein, wenn man schon einmal so ungefähr in der Gegend war. Da lohnten sich auch schon mal ein paar Kilometer mehr an Anfahrt.

Eigentlich gibt es nicht viel zu sehen. Mit dem dortigen Meilen-Schild und dem „JohnO`Groats-Hotel" lassen sich aber fast alle fotografieren.

Und das Klicken der vielen Apparate übertönte zuweilen sogar Wind und Wellen. Besonders deutlich war dies, wenn mal wieder eines der kleinen Fährschiffe anlegte – von den Orkney`s kommend. Nun gut, die Andenken-Läden machten sicher gute Geschäfte. Und auch Essen und Trinken geht eigentlich immer.

Für dieses bunte Treiben hatte Josef jedoch keinen Blick.   Endlich sah er die „Falken-Queen" auftauchen.   Nur noch ein paar Minuten, dann wird er sehen, wie sich die Lage entwickelt. Seine ganze Hoffnung bestand darin, an Bord zu gelangen – **als Max Nachbar.**

Die „Falken-Queen" machte am kleinen Hafen fest. Während der kurzen Überfahrt von den Orkney`s hierher hatte die Mannschaft alles in Augenschein genommen, was auf dem Schiff wichtig ist. Alles klappte wie am Schnürchen. Die „Falken-Queen" war bereit, und jetzt holte sie erst einmal ihren Schiffs-Koch ab.

Dennis, Jörg, Isabel und Alexander verließen das Schiff. Max konnten sie noch nicht entdecken.

Isabel ließ erst einmal ein Foto von sich schießen. „Ja, ja, wie alle Touristen hier", spöttelte Dennis.

- Isabel -

Alexander blickte zurück zum Schiff.   Ihm fiel auf, dass dort ein Mann stand, der offensichtlich wohl auf etwas wartete.   Denn der schaute sich genau so suchend um, wie die Vier vom Schiff es taten.

„Schau   mal", rief Alexander Dennis zu, „ist das dort am Schiff vielleicht unser Koch? Hast du noch das Bild von der Bewerbung dabei?"

Dennis benötigte das Bild nicht.   Natürlich, dort am Schiff stand Max Nachbar, das war er.

„Ich bin Max Nachbar", sagte Josef Brote zu sich selbst, als ob er das noch üben müsste.

Max sah die Vier auf sich zu kommen. „Tatsächlich", registrierte er. „Das ist die alte Bande – Dennis, Alexander, Jörg und auch Isabel. Es fehlt eigentlich nur Tina."

Die Vier hatten ihn jetzt erreicht. Dennis streckte ihm die Hand entgegen und stellte seine Crew vor. „Hallo, ich bin also Dennis und das hier sind Alexander, Isabel und Jörg. Dann bist du also der Max!"

Alle schüttelten sich nacheinander die Hände. Max hatte es wohl am schwersten. Er konnte die Anspannung kaum aushalten. Erkannte man ihn wirklich nicht?

Max machte einen letzten Test, indem er seine Sonnenbrille abnahm.

Es gab keine Reaktion von der anderen Seite.

Im Gegenteil fragte ihn Dennis nun: „Max, bist du bereit mit uns an Bord zu kommen?"

Als Antwort hob Max seine Reisetasche auf; die Fünf gingen an Bord.

„Eine Frage habe ich noch", sagte Max. „Wie schaut es mit dem Proviant aus? Schließlich brauche ich so einige Sachen, um meinen Job auch super zu machen!"

Jörg stand Max am nächsten und beantwortete dessen Frage: „Wir haben für zwei Tage alles an Bord. Die nächst größere Stadt ist hier an der Nordküste ist Thurso. Dort werden wir dann alles ergänzen, was wir für die weitere Fahrt brauchen."

Alexander gesellte sich zu den beiden. „Max, du willst sicher wissen, wo dann der nächste Halt ist, damit du jetzt schon besser planen kannst. Also - der nächste Stopp wird bei „Durness" sein, denn da ankern wir am „Loch Erboll". Dort soll es sehr schön sein. Proviant brauchen wir aber noch nicht. Den nehmen wir dann erst in „Scourie" an Bord."

„Hört sich gut an", antwortete Max. „Da habt ihr ja schon gut und weit voraus geplant. Ich denke, wir werden sehr gut miteinander klar kommen - zumindest werde ich mir Mühe geben."

Wie viel an Mühe es Max kostete, allein dieses Gespräch zu führen und seine Anspannung nicht sichtbar werden zu lassen, das konnten Jörg und Alexander nicht ahnen.

Max brachte seine Sachen in die Kabine. Diese teilte er mit Alexander. Isabel hatte eine Kabine für sich allein, und Dennis und Jörg belegten die dritte der Kabinen.

Isabel fand es schön, so viel Platz für sich allein zu haben. Dennoch hätte sie dieses Raumangebot lieber mit Tina geteilt. Und sie hätte sich noch mehr auf diese Reise gefreut, wenn Tina nicht so krank wäre. „Aber - es ist, wie es ist", sagte sich Isabel. „Also mache ich das Beste daraus. Allein könnte ich mir so eine Tour nicht leisten. Ich freue mich jetzt einfach darauf, was nun kommt. Sicher wird es sehr schön. Also - genieße es einfach - dumme Isabel!"

Max – alias Josef – hatte da so seine Probleme – mit dem Raumangebot. So eine Kabine, geteilt mit Alexander, war schon eine enge Kiste.

„Ich hatte ja schon einmal eine enge Nachbarschaft mit einer weiteren Person", dachte Max. „Aber dort hatten wir mehr Platz, als es hier in der Kabine der Fall ist. Nur gut, dass der Aufenthalt in der Schiffskabine hier nicht auch sechs Jahre dauert."

Max ließ sich in seine Koje fallen. Damals war es ein richtiges Bett gewesen, ein sehr einfaches Bett, und das stand in einer Justizvollzugsanstalt.

Die „Falken-Queen" verließ John O`Groats und nahm Kurs auf Thurso.

Problemlos ließen sich dort alle Dinge besorgen, die Dennis auf einer Liste hatte. Diese Liste hatte Max mit den Sachen ergänzt, die er benötigte.

Am Abend erreichte die „Falken-Queen" ihr heutiges Ziel und ankerte vor Durness.

Max bereitete sein erstes Abendessen auf dem Schiff vor. Die Mannschaft hatte sich für heute etwas „Deftiges" gewünscht. In den letzten Tagen hatten sie mehr Flüssiges zu sich genommen, als anständiges Essen. Und am Tag ihres Fluges – sie erinnerten sich noch sehr gut - da war es mit dem Essen ja auch nicht weit her, am nächsten Tag übrigens auch noch nicht.

Max war es recht – etwas Deftiges sollten sie kriegen. Das würde seine Kochkünste nicht besonders strapazieren.

Max hatte immer noch mit der Enge der Kabine zu kämpfen. Immerhin hatte er aber die Küche meistens für sich allein. Und an Bord oben war Freiheit angesagt - keine Tür war verschlossen.

Seine ungeheure Anspannung war in eine leichtere gewechselt. Er war an Bord, niemand hatte sich auch nur den Anflug von Misstrauen anmerken lassen. Aber wie gesagt, er hätte sich jetzt ja auch selber nicht wieder erkannt. „Was Haare und ein völlig verändertes Aussehen ausmachen", dachte er bei sich. „Da hat sich mein Muskeltraining doch sehr gut bezahlt gemacht."

Max erinnerte sich, dass er mit diesem Training nicht freiwillig angefangen hatte. Als er in die Justizvollzugsanstalt kam, war er ein schmaler Typ. Dort hatte er es natürlich sofort besonders schwer, denn durchsetzen gegen die „sportlichen" Muskelberge konnte er sich zwangsläufig nicht. Wochenlang wurde er herum gestoßen, Monate folgten. Unter seinem T-Shirt verbarg sich eine große Narbe, die einigermaßen durch sein Brusthaar verdeckt wurde. Diese Narbe war nicht die einzige, denn auch sein Rücken hatte etwas abbekommen. Während der Monate des ersten Jahres, die auch dort „Lehrjahre sind keine Herrenjahre" genannt wurden, machte er mit verschiedenen Werkzeugen Bekanntschaft, meistens mit spitzen oder angespitzten Werkzeugen.

Er ertrug es, ertrug das erste Jahr, das zweite wurde schon schwieriger. Im ersten Jahr hatte er noch Besuch bekommen, danach war er allein. Wie sollte er diese Zeit durch halten – allein? Warum kam niemand mehr? Man hatte es ihm doch versprochen!

„Versprochen ist versprochen und wird auch nicht gebrochen!" So war es vereinbart – nichts davon war im Laufe des zweiten Jahres mehr übrig.

Oben an Deck hatte schon eine Flasche Wein ihre Kreise gezogen, die zweite davon war bereits halb versenkt. Max hörte in seiner Küche, wie die Stimmung oben stieg.

„Warum auch nicht", dachte er. „Die Vier da oben genießen diesen Trip eben. Hier ist ein wunderschöner Ankerplatz, das Wetter spielt mit, und jetzt warten sie auf mich – oder vielmehr auf das „Deftige".

Max stieg die paar Stufen hinauf aufs Oberdeck. Er hatte eine riesige Platte mit gebratenen Würstchen und Kassler in seinen Händen.

„Es gibt deftige Bratkartoffeln dazu, wie gewünscht", sagte Max.

Deftig war auch der Beifall, der jetzt klatschrhythmisch erklang.

Alexander sagte vergnügt: „Dann hole ich mal die Bratkartoffeln aus dem Keller. Hoffentlich gibt es nicht so viele Etagen."

Die Fröhlichkeit war ansteckend und infizierte auch Max, von dem wieder ein Stück Spannung abfiel. Mit seinem Abendessen - Debüt waren alle an Bord mehr als nur einverstanden.

Es blieb auch nicht bei der zweiten Flasche Wein. Somit wurde die Stimmung immer ausgelassener. Dennis und seine Freunde wollten natürlich wissen, woher Max kam, was er die letzten Jahre so gemacht hatte.

Max war darauf gefasst. Er hatte sich schon eine klare Linie überlegt – für solche Fragen. Er sagte im Grunde, dass er nicht gerne mehr an sein früheres Leben erinnert werden möchte. Dass er geschieden ist und keine Kinder hat, das konnte die Mannschaft um ihn herum schon auch wissen. Und er erzählte noch, dass er hier und da einige Aushilfs-Jobs gehabt hat, auch verschiedene Male als Aushilfskoch.

„Da ich also schon einige Male zur Zufriedenheit gekocht habe, das war dann auch der letzte Aufhänger, um mich auf eure Anzeige hin zu melden", sagte Max. „Ich hoffe, ihr bereut es nicht."

„Also", antwortete ihm Dennis, „deine erste Probe mit dem „Deftigen" hast du blendend bestanden. Ich habe selten so gute Bratkartoffeln genossen."

Alexander nickte Max zu. „Das gilt auch für mich, die waren wirklich sehr lecker, die Zutaten natürlich auch. Mach ruhig so weiter."

Alle anderen stimmten in diese Loblieder mit ein. Zum Glück für Max gaben sich alle mit seinen Auskünften zufrieden.

Alexander dachte darüber nach, dass Max wohl meint, was hier an Bord alles für gut-situierte Leute sind. „Wenn du wüsstest", dachte Alexander weiter sinnierend vor sich hin. „Hier an Bord ist eigentlich gar nichts normal. Ich und gut situiert - schön wäre es ja. Aber ich armes Schwein hänge sowas von Dennis ab, dass es absolut beinahe unerträglich ist."

Ähnlich erging es Isabel. Arbeitslos und ohne Rücklagen – für sie galten die gleichen Gedanken wie bei Alexander. „Zufriedenheit mit sich selbst – das sieht anders aus", dachte sie.

Max brauchte gar nicht groß nach zu denken. Er kannte ja alle von früher, und seine Meinung nach schon kurzer Zeit war, dass sich die Bande gar nicht groß verändert hatte. Dennis war der große Ansager, nach dem sich alle richteten. Na ja, eigentlich alle – bis auf Jörg.

Aber irgendwie verband diese beiden etwas, das nicht mit einem Wort zu beschreiben war.

Zu später Stunde lagen dann doch alle in ihren Kojen. Isabel war wohl sofort eingeschlafen – von ihr hörte man keinen Mucks.

Alexander schnarchte bereits selig vor sich hin.

Aber zwischen diesen Tönen waren noch Stimmen zu hören – gedämpft und manchmal nur Bruchstückhaft. Diese Stimmen gehörten Dennis und Jörg. Deren Kabine lag direkt neben der von Max. Und Max konzentrierte sich, versuchte alle Nebengeräusche auszuschalten, um zu lauschen, worum es bei Jörg und Dennis ging. Am liebsten hätte er Alexander die Nase zu gehalten, denn zwischendurch sägte er die „Falken-Queen" halb durch.

Max hatte genug gesammelt und wusste plötzlich, worum es ging. Die beiden nebenan hatten ein Problem. „Ha - ein Problem soll das sein?" dachte Max. „So ein Problem hätte ich auch gerne einmal." Still lauschte er weiter.

„Dennis", hörte er Jörg sagen. „Du hättest mir ruhig sagen können, dass du diese Schiffs-Reparatur bereits überwiesen hast. Ich hatte gedacht, du machst das hier an Ort und Stelle und wollte dich dementsprechend überraschen."

„Deswegen hast du so eine Menge Bargeld mit!",
antwortete ihm Dennis. „Wer macht denn heute
noch so etwas – und das auch noch du – als
Banker!" Dennis schüttelte den Kopf.

„Was sagtest du, wie viel hast du unter deinem
Kopfkissen?"

„Na ja", antwortete ihm Jörg – etwas kleinlaut.
„Ich dachte mir, dass bei so einem Luxusschiff wie
der „Falken-Queen", die ich so auf 400.000,- Euro
schätze, auch die angefallenen Reparaturen sehr
hoch sein müssen. Deshalb habe ich vor gehabt,
den Schaden, den ich angerichtet habe, auch zu
bezahlen. Also - 25.000,- Euro habe ich bei mir."

Dennis pfiff durch die Zähne und erschrak sich
selbst darüber. „Meine Güte, Jörg, lass man gut
sein", sagte er. „Ich habe dir das Schiff
überlassen und da kann auch mal etwas
passieren. Es ist schon gut, alles in Ordnung.
Schließlich hast du mir auch schon oft etwas
eingebracht – durch deine Insider-Tipps."

Max hätte am liebsten auch gepfiffen, beherrschte sich aber, keinen Laut von sich zu geben. Das war ja ein Ding – was er soeben gehört hatte. Mehr als merkwürdig war das, wenn Jörg wirklich so viel Bargeld mit sich rumschleppte. Da schien wohl einiges faul zu sein.

Und jetzt setzten sich auch die Wörter zu Sätzen zusammen, die er vorhin manchmal nur vereinzelt mitbekommen hatte.   Darum ging es also – um Bargeld.   Jörg wollte nicht alles vom Konto buchen, weil ja nicht jeder mitkriegen soll, was so abgeht.   Irgendwie hatten Jörg und Dennis immer schon ihre eigenen Geheimnisse gehabt, das wurde ihm immer klarer, wenn er ganz weit in seiner Erinnerung zurück ging.

Max lag noch sehr lange wach.   Es muss schon gegen Morgen gewesen sein, als er endlich einschlief.

Max schlug die Augen auf. Er hörte Stimmen – nicht die Stimmen aus der Nacht, nein, es war Tina, die mit Alexander sprach. Max sah auf seine Uhr, sprang auf und dachte: „Mensch, ich als Koch sollte doch zuerst auf den Beinen sein und mich um das Frühstück kümmern."

Er schaffte es aber gerade noch, damit fertig zu sein, bevor Dennis und Jörg auf Deck erschienen. Dort oben hatte Max bereits den Tisch gedeckt. Man würde die Milch wohl in den Kaffee einrühren müssen, das Meer war fürs mischen zu ruhig, schlief wohl noch. Der Kaffee in den Bechern war spiegelglatt.

Alle waren bester Laune. Dennis sprach die heutige Tagestour an. „Wenn wir gleich „Cape Wrath" hinter uns haben", sagte er, „dann könnten wir noch die „Isle of Lewis" besuchen. Oder wir nehmen gleich Kurs Richtung „Isle of Skye". Was meint ihr dazu?"

Man einigte sich darauf, gleich nach Süden zu segeln, und die Vorräte in Scourie wie geplant zu ergänzen. Die Vorräte hatten, was die flüssigen Dinge betraf, bereits erheblich gelitten.

Die Reise nach Süden verlief ohne Probleme. Das Wetter blieb sonnig und ruhig. Und so fühlten sich auch alle Menschen an Bord. Sie alle waren recht relaxt; bis hierher war es eine richtige Wellness-Fahrt.

Auch am Cape Wrath hatte das Meer keine Anzeichen von Unruhe von sich gegeben. Jörg betätigte sich als eine Art Reiseleiter und zitierte aus einem Reiseführer, dass hier der nordwestlichste Punkt Schottlands ist. Überaus sehenswerte Steilklippen ragten dort bis über 150 Meter in die Höhe.

Die Sache in Scourie war schnell erledigt. In einem Reiseführer hatte Jörg noch weitere Informationen für ihre Streckenplanung gefunden.

„Wir kommen bald an einen Fjord-Einschnitt", sagte er. „Dort gibt es bei „Kylesku" ein schnuckeliges Hotel direkt am Wasser. Wir haben unseren Koch zwar noch nicht viel strapaziert, aber vielleicht sollten wir dort trotzdem einen Stopp einlegen. Das Hotel soll ein ausgezeichnetes nettes Restaurant haben, ohne unseren Koch herabwürdigen zu wollen."

Jörg sah Max an und hob dabei wie fragend seine Arme. Alle sahen Max an, als ob dieser hier bestimmen konnte – es war wohl mehr Höflichkeit.

Max hob ebenfalls seine Arme. „Ich bin dabei", sagte er. „Ich hätte gar nicht damit gerechnet, schon so früh einen halben Tag Urlaub zu bekommen."

Der Reihe nach kamen alle zu Max und alle gaben sich nacheinander lachend „die Fünf".

Alexander hatte noch etwas zu diesem Vorschlag beizutragen. „Jörg, ich glaube, dass du den gleichen Reiseführer hast, aus dem auch ich einige Informationen gespeichert habe. Darin steht auch noch etwas, was hier an Ort und Stelle zumindest sehr interessant erscheint."

Jörg hob die Hand. „Sorry, dass ich unterbreche, Alexander. „Du meinst bestimmt die Fahrt, die man auf dem Fjord-Arm vom Kylesku-Hotel aus machen kann? Aber du hast recht, die sollten wir unternehmen, wenn wir schon einmal hier sind.

Ich erinnere mich, dass man bei der Fahrt mit den kleinen Booten auch an einem Wasserfall vorbei kommen soll, der mit ca. 200 Metern der höchste Fall von ganz Schottland sein soll, vielleicht sogar von ganz Großbritannien."

Dennis schaltete sich ein.   „Das ist so gut wie eingetütet. Also, alle einverstanden?"

Wer sollte da wohl etwas dagegen haben. Da bot sich schließlich eine tolle Abwechslung an.

Von Scourie aus war es nur eine kurze Fahrt bis Kylesku.   Die Fünf genossen eine vorzeigbare Speisenfolge.   Max dachte bei sich, dass er „so etwas" doch nicht hinkriegen würde. Eigentlich war er ganz froh über diese Unterbrechung und Speisung hier.   Weiter hoffte er jedoch auch, dass durch die hier genossene Qualität nicht zu viel von ihm erwartet wird.

Ein paar Stunden später waren alle wieder zur friedlich ankernden „Falken-Queen" zurück gekehrt. Die Fünf genossen den Abend und den Sonnenuntergang. Max hatte nicht mehr viel zu tun. Nach den mehr als reichhaltigen Gängen im Fjord-Hotel stand heute nichts Deftiges mehr auf der Wunschliste seiner Mitbewohner. Ein kleiner Snack war schnell gezaubert und serviert – wieder zur vollen Zufriedenheit aller.

Es war wieder recht spät geworden, und die viele frische Luft den ganzen Tag über forderte ihren Tribut. Schlafenszeit war angesagt, und nach und nach zogen sich alle in ihre Kabinen zurück.

Max schreckte hoch. In seinen sechs Jahren in Haft hatte er gelernt, beim kleinsten Geräusch aufmerksam zu sein. Das hatte ihm die eine oder andere Narbe „mehr" wohl erspart. Dafür hatte er den Tiefschlaf eingetauscht, denn in den war er schon lange nicht mehr gefallen. Max hörte Stimmen. Er konzentrierte sich. Das waren Stimmen von Dennis und Isabel.

Die Stimmen kamen aus der Kabine von Isabel. „Lass es" und „Ich will das nicht", hörte Max, und das war eindeutig die Stimme von Isabel.

Dennis war also in ihrer Kabine. Offensichtlich spielt sich dort etwas ab, was zumindest von einer Person nicht gewollt ist, von Isabel nicht gewollt ist.

Max überlegte, ob er sich einmischen soll. Diese Idee verwarf er – ging ihn das etwas an? Schließlich kannten sich Isabel und Dennis schon so viele Jahre. Isabel hätte wissen müssen, dass da mehr kommen kann, wenn sie sich auf diese Fahrt mit Dennis an Bord einlässt.

Dann entschied sich Max, doch etwas zu tun, etwas „indirekt" zu tun. Er schlich in die Kombüse, zurzeit sein Reich mit Tassen, Tellern und Töpfen. Max nahm einen Becher und schüttete sich den Rest Kaffee ein, der noch übrig geblieben in der Kanne wartete. Den Becher ließ Max in die Spüle gleiten und achtete darauf, dass es zumindest ein Geräusch geben würde, das Geräusch, als ob ihm der Becher aus Versehen aus der Hand gerutscht ist.

Schlagartig verstummten die Stimmen. Dennis kam aus Isabels Kabine, und er blickte Max nicht gerade freundlich an. Max hatte ihm seine Tour vermasselt, was ihn ziemlich ärgerte. Für heute Nacht würde es nichts mehr mit Isabel. Sie hätte nachgegeben, da war er sich sicher; nachgegeben wie damals – auf der Couch.

Max sagte nichts, hob nur seine Schultern an, was Dennis signalisieren sollte, tut mir leid, dass ich dich geweckt habe.

Ganz gegen seinen eigentlichen Willen sagte Dennis: „Schon gut, gönnen wir uns noch eine Runde Schlaf – ist ja noch zu früh zum Frühstück, oder wolltest du mit der Vorbereitung etwa schon jetzt mitten in der Nacht anfangen?"

Max hörte den Unterton in Dennis Stimme deutlich heraus. Der war ganz schön gereizt. Deshalb beeilte sich Max mit seiner Antwort: „Nochmal - tut mir leid. Nein, Frühstück gibt`s später. Ich hatte nur Durst – kam wohl von der scharfen Dauerwurst gestern Abend. Und Kaffee hilft mir dagegen immer am besten. Ich wusste ja, dass noch etwas in der Kanne übrig war."

Dennis hob eine Hand, sagte aber nichts – winkte kurz ab und murmelte: „Na, dann noch eine gute Nacht! Zum Frühstück möchte ich übrigens Rührreier!"

Max nickte, und es war ihm egal, ob Dennis dies mit bekam. Das war der „alte Dennis", den er gerade erlebt hatte. Es musste immer alles nach seiner Pfeife geschehen. Und wenn das nicht so ganz klappte, dann gab es noch einen „drauf". Hier war es so etwas wie der Befehl „Zum Frühstück möchte ich übrigens Rührreier!"

Max grübelte noch eine ganze Weile, wie dies hier wohl alles ausgehen wird.

Und - hatte Isabel mit bekommen, was Max in der Kombüse gemacht hatte?

Würde sich Isabel in dieser Hinsicht äußern?

Wie wird Dennis morgen früh auf ihn reagieren?

Am nächsten Morgen war Max zuerst auf den Beinen. Nach der nächtlichen Begegnung mit Dennis erschien es ihm richtig und wichtig, heute früh keinen Anschiss zu bekommen. Dennis konnte ziemlich gemein sein – das wusste er ja noch von früher.

Max hatte wieder oben auf Deck den Tisch fürs Frühstück bereitet. Und es gab auch Rühreier. Die servierte Max, sobald die ganze Mannschaft am Tisch saß.

Max konnte es kaum unterdrücken, zu Dennis zu sagen „Rühreier, zu Befehl, Skipper!" Innerlich lachte aber sein ganzer Körper, auch darüber, dass Isabel am weitesten von Dennis ihren Platz am Frühstückstisch eingenommen hatte. Und – hatte Isabel Max beim Servieren heute besonders zugelächelt? Max kam es so vor, konnte sich zwar irren, wenn nicht, dann hatte Isabel es doch mit bekommen, dass er in der Kombüse heute Nacht Radau gemacht hatte.

Irgendwie war die Stimmung heute nicht ganz so fröhlich – wie an den vergangenen Tagen. Nacheinander schien jeder halb verstohlen zu Dennis zu schauen, weil der etwas wortkarg war, was ansonsten so gar nicht zu ihm passte.

Irgendwann hatte es auch Dennis gemerkt, auch die verstohlenen Blicke waren ihm aufgefallen. Dennis bemühte sich um Worte, als er sagte: „Sorry, aber heute fühle ich mich wie gerädert. Die Nacht hätte besser sein können."

Dennis vermied es, dabei zu Isabel zu sehen, die sich aber absolut nichts anmerken ließ.

Es war schließlich Jörg, der den Versuch startete, ein Gespräch zustande zu bringen. Er wusste, dass er Dennis in solchen Situationen das Gefühl geben sollte, das Heft und Entscheidungen in der Hand zu haben.

„Dennis", sagte er, „wie sieht heute unser Plan aus? Segeln wir direkt zur „Isle of Skye" oder machen wir noch einen Zwischenstopp?"

Dennis` Miene zeigte eine Aufhellung, aber der war noch lange nicht fertig mit der Nacht. Schließlich kam er doch in die Sträucher: „Eigentlich haben wir genug Zeit für einen Stopp. Da würde sich „Ullapool" anbieten. Da kommen wir so gut wie daran vorbei."

„Schön", sagte jetzt Isabel, „vielleicht können wir dort einmal die traditionelle Musik live erleben - fände zumindest ich ziemlich gut."

Es kam Leben in die Gruppe. Alexander und Max riefen beinahe gleichzeitig, dass sie noch nie diese Musik live erlebt haben. Und Alexander ergänzte: „Ich habe gelesen, dass Ullapool einen hübschen Hafen haben soll – mit einer weißen Häuserzeile. Und von ab und zu Live-Musik - da stand auch etwas."

„In Ordnung", sagte Dennis, zu dem wieder alle blickten, „segeln wir also nach Ullapool. Sollten wir das Glück haben, dort am Abend keltische Musik live zu erleben, so können wir auch dort über Nacht ankern."

Die weitere Fahrt verlief weiter ruhig. Sonne und Meer meinten es gut mit der „Falken-Queen" und ihrer Besatzung. Kurz vor der Einfahrt zum „Loch Broom", an dem Ullapool liegt, begegnete ihnen die große Autofähre, die auf dem Weg zur „Isle of Lewis" war. An deren Deck standen bei dem schönen Wetter viele Passagiere und winkten der „Falken-Queen" zu.

Die grüßte natürlich zurück, und die Crew freute sich über den Anblick der netten Häuser, die auf einer Halbinsel von Ullapool liegen.

Kurz danach ankerte das schmucke Schiff auch schon im Hafen von Ullapool.

Und als Dennis als stolzer Skipper am Hafenamt seine „Falken-Queen" anmeldete und alle ihn zu dem wunderschönen Schiff beglückwünschten, da war er wieder der „alte Dennis", den man beneidete und der die Entscheidungen traf.

Tatsächlich hatte die Crew Glück.   In der „Quay Street" gab es heute Abend Life-Musik im „The Seaforth".

Dort ging dann so richtig die Post ab.   Das kühle „Guinness" vom Fass, danach schottischen „Single Malt", das brachte voll die Stimmung. Die Musik entsprach allen Erwartungen. Es war schon nach Mitternacht - zeigten die Uhren, als Dennis, Max, Jörg, Alexander und Isabel auf die „Falken-Queen" zurück kehrten.

Sie alle wünschten sich eine gute Nacht. Und Max wunderte sich, als Isabel mit einer Decke und ihrem Kopfkissen wieder an Deck kam und sich dort ausbreitete.   Max sah sie fragend an, und Isabel antwortete: „Es ist so ein schöner und warmer Abend.   Der reizt einen doch, hier oben an frischer Luft zu schlafen – oder?"

„Das verstehe ich sehr gut", erwiderte Max, der den Eindruck verspürte, dass Isabel irgendwie einen dankbaren Unterton in der Stimme hatte. Na, er konnte sich auch täuschen.

Etwas enttäuscht war Max aber, denn er selbst hatte vor gehabt, hier oben auf Deck zu schlafen. Er überlegte eine Weile lang, dann entschloss er sich, die Nacht in der Kabine zu verbringen. Wenn Dennis mitbekommt, dass Isabel und Max hier oben schlafen, dann könnte das gewaltig zu Missverständnissen führen, vor allem nach der vergangenen Nacht, an die sich Dennis sicherlich überhaupt nicht gern erinnern würde. Wie würde das hier wohl weiter gehen, so eng aneinander? Dennis würde sicher nichts unversucht lassen, um an sein Ziel zu kommen – und dieses Ziel hieß offensichtlich Isabel.

Und Dennis bekam das mit, dass Isabel „oben" blieb. Natürlich grummelte es sofort in ihm, ließ sich das aber nicht anmerken. Sein Gruß an Isabel für eine gute Nacht kam ihm schwer über die Lippen. Überhaupt nicht gut gelaunt verschwand Dennis in seiner Kabine.

Jörg hatte wohl Glück, denn er bekam nichts mit und nichts ab, denn er war schon eingeschlafen.

Isabel lag auf dem Rücken und schaute in den klaren Himmel, an dem unendlich viele Sterne unterwegs waren.

Sie beschloss, wenn das Wetter es zulässt, jede Nacht hier oben an Deck zu verbringen.

Isabel dachte an Tina. „Wie mag es dir wohl ergehen mit der kommenden Operation? Ich wollte – du könntest hier an Bord sein. Das würde sicher alles ein wenig erleichtern."

Isabel seufzte, streckte sich lang aus, und bald darauf war sie schon eingeschlafen.

Frühstück gab es wieder oben an Deck.   Max hatte so leise mit den Vorbereitungen dafür begonnen, dass Isabel von dem nichts mit bekam. Max sah Isabel selig schlafend da liegen. Sicher hatte sie heute eine ruhigere Nacht hinter sich.   Isabel sah irgendwie glücklich aus. Ihre Kabine schien sie überhaupt nicht zu vermissen.

Max kam gerade wieder die Treppe aus seiner Kombüse herauf.   Er sah Dennis, der Isabel gar nicht kavalierhaft weckte.   Es schien, als ob Dennis Isabel mit dem Schuh anstieß. Und überhaupt – wie sah denn Dennis Gesicht aus?   Der konnte heute sich nicht mehr so gut verstellen, wie noch am gestrigen Morgen. Dennis machte auch keine Anstalten, etwas zu sagen, von wegen schlechter Nacht und so.

Max hatte wieder Rührei serviert, aber Dennis ging nicht darauf ein.   Er ging eigentlich auf gar nichts ein.   Und so fragte Alexander zweimal nach dem heutigen Ablauf, bevor er eine Antwort kam.   Dennis` Antwort war merkwürdig: „Ich habe mir für heute gar nichts vorgenommen. Wir haben Zuwachs auf dem Schiff – einen Kater!"

Offensichtlich wollte Dennis seine miese Laune mit dem Kater begründen, der ihn angeblich plagt. Alle wunderten sich – niemand nahm ihm das ab. „Der hat gestern auch nicht mehr getrunken, als wir anderen auch, als wir bei der Live-Musik waren", dachte Max. „Wo kommt der Kater her?"

Was die anderen nicht ahnten: Dennis war in der Nacht noch einmal aufgestanden, hatte sich am Whisky-Vorrat bedient. Den Kater hatte er sich allein zuzuschreiben.

Alexander und Isabel gingen noch einmal an Land. Dennis hatte verkündet, dass sie in zwei Stunden den Anker lichten werden. So hatten Isabel und Alexander noch reichlich Zeit, um einige Souvenirläden aufzusuchen. Isabel wollte sich noch ein oder zwei Bücher besorgen, englische Bücher über Schottland, auch um ihre Fremdsprachen-Kenntnisse zu prüfen.

Zur verabredeten Zeit waren beide wieder am Schiff. Die „Falken-Queen" verabschiedete sich von Ullapool und nahm südlichen Kurs auf die „Isle of Skye". Schon heute Abend noch wird sie dort im Hafen von „Portree" ankern.

Und sie kamen gerade pünktlich zu einer Vorführung an. Die „Isle of Skye Pipe Band" drehte gerade ihre Runde auf dem Marktplatz von Portree. Die Crew der „Falken-Queen" reihte sich in die Reihen der zahlreichen Touristen ein, die begeistert mit den Füßen wippten.

„Das ist ja toll", rief Isabel, „nach dem Live-Abend in Ullapool ist das hier ja noch eine Steigerung. Für mich ist dies hier jedenfalls eine Premiere."

Alle stimmten ihr zu, und die Pipe Band drehte weitere Runden auf der Straße, nicht ohne die begeisterten Zuschauer um eine Spende zu bitten.

Für Max gab es zum zweiten Mal in kurzer Zeit „arbeitsfrei". Direkt am Marktplatz lag ein Restaurant. Die Fünf studierten die Speisekarte und entschieden sich, dort zu Abend zu essen. Max war es recht.

Das Frühstück hatte Max bereit gestellt, bevor eines der anderen Crew-Mitglieder auf Deck erschien. Max war gespannt, wie heute wohl die Stimmung an Bord sein wird. Besonders wird er wieder Dennis beobachten, hat er sich vorgenommen. Denn der hatte am späten Abend – alle anderen lagen schon in ihren Kojen - noch einen Disput mit Isabel. Isabel hatte ihr Nachtlager wieder oben auf Deck aufgeschlagen. Das muss Dennis wohl sehr reizen. Max hatte zwar nicht mitbekommen, um was es ging, aber im Grunde war die Sache klar. Dennis hatte nach wie vor etwas vor – mit Isabel.

Isabel war lauter geworden – als Dennis. Das wollte schon etwas heißen. Max hatte Dennis fluchend die Stiegen zur Kabine hinunter stapfen gehört.

Jörg war davon wohl wach geworden und fragte: „Ist was los, Dennis? Ist alles in Ordnung?"

„Jaja", war die knappe Antwort. Aber dann redeten die beiden doch noch eine ganze Weile miteinander. Es waren wieder leise Worte, aber Max konnte diese trotzdem zu erklärenden Sätzen zusammen fügen. So wusste er, dass es um die Weiblichkeit an Bord ging. Und dabei ging es nicht nur um Isabel, auch Tina wurde genannt.

„Zu schade, dass Tina nicht mit an Bord ist.", hatte Jörg geflüstert. „Zwei sind besser als eine, nicht wahr? Mit beiden wäre diese Reise noch interessanter, findest du nicht?"

„Mag sein", brummte Dennis, „aber vielleicht ist die inzwischen auch so eine kleine Zicke geworden. Zumindest ist das so mit Isabel."

„Ach – so läuft die Häsin! Der Herr Architekt kommt nicht zum Zuge.", sagte Jörg und dann etwas kleinlaut: „Sorry, war nicht so gemeint. Anscheinend sieht Dankbarkeit heutzutage anders aus. Dennis, es scheint, als ob wir die Emanzipation langsam anerkennen müssen – auch wenn es uns schwer fällt."

Es war dunkel in der Kabine. Jörg hatte die Gesichtszüge von Dennis nicht sehen können, die sich im Laufe des Gesprächs mehrmals Grimassen-artig verzogen hatten. Hätte es Jörg mit bekommen, wäre er wahrscheinlich erschrocken, sehr erschrocken. In Dennis Gesicht zeigte sich nämlich offene Wut und Feindschaft. Auch wenn er ihn mehr als gut kannte – s o hat Jörg Dennis noch nie gesehen.

In dieser Nacht wurde Max heftig durch-geschüttelt, nicht vom Meer, denn das verhielt sich schon seit Tagen auffällig ruhig.

Es war „der" Traum, den Max schon weit mehr als hundert Mal erleben musste – ein Alptraum. Wie oft war Max als Josef Brote klitschnass aufgewacht und wurde in die Zeit vor dreizehn Jahren zurück versetzt.

Das waren noch Zeiten damals, als sie ein eingeschworenes Team bildeten. Er – Josef Brote, Dennis, Jörg, Isabel, Tina und Alexander, was hatten die Sechs nicht alles unternommen und natürlich auch so manchen Blödsinn verzapft. Jahre lang ging alles gut – bis zu dieser Schicksalsnacht, in der alles den Bach runter ging.

Ausgelassen – wie meistens – hatten sie alle an einem Gewässer gelegen und mal wieder eine kleine Fete veranstaltet.   Der Grill spuckte einiges an Köstlichkeiten aus.   An Alkohol fehlte es natürlich auch nicht – der war damals fast noch wichtiger als das Essen.

Es war ein recht schöner Tag damals. Die Sechs hatten vorgehabt, dort am Wasser zu übernachten.   Warm genug war es, um kein Zelt aufbauen zu müssen.   Es war eine ideale Nacht.

Womit niemand gerechnet hatte – das Wetter schlug um. Aus dem schönen blauen Himmel wurden kleine Wolken, und aus denen wuchsen dunklere heraus. Die ersten Tropfen fielen. Dennis hatte das Abholen der Gruppe erst für den nächsten Morgen geplant. Dementsprechend hatte er in seinem Büro Anweisungen gegeben.

J e t z t war es mitten in der Nacht. Die Gemütlichkeit hörte auf, als das erste T-Shirt durchnässt war. Jeder in der Gruppe hatte schon ordentlich „getankt".

Das Drama nahm seinen Anfang – **damals.**

Wer war es eigentlich genau, der diese absolut blöde Idee hatte, sich ein Auto zu besorgen, um von dort weg zu kommen? Es konnte später keiner mehr so genau sagen.

Wie auch immer – das erste Auto, das sie fanden, wurde geknackt, was sehr einfach war. Offensichtlich hatte der Besitzer die Scheiben nicht voll richtig geschlossen, wohl wegen einem möglichen Hitzestau aus dem Wege zu gehen.

Wie auch immer - die Sechs saßen im Wagen, der los fuhr. Am Steuer saß Dennis, der Macher, damals und heute.

Selbst wenn alles gut gegangen wäre - was sie damals taten, war mehr als zu verdammen. Jugendlicher Übermut und Alkohol – verdammt gefährlich, wenn auch noch ein Auto im Spiel ist.

Es kam, wie es kommen musste. Der Regen war inzwischen stärker geworden. Und nur zehn Minuten, nachdem sie los gefahren waren, passierte es. Die ausgelassene Stimmung im Fahrzeug – Tina lag hinten quer über den Sitzen - war in nur einem Augenblick zu Ende, als es einen hässlichen Knall gab und Dennis den Wagen gerade noch zum Stehen brachte - zu spät.

Hinten saßen Isabel, Alexander und Josef, während die quer-liegende Tina beinahe nach vorn geschleudert worden wäre.

„Was ist passiert?", fragte Alexander.

Es dauerte eine ganze Weile, bis er eine halbwegs erklärende Antwort bekam, auf die auch alle weiteren im Auto warteten. Selbst Dennis als Fahrer war sich nicht im Klaren, was passiert war.

Alle stiegen aus – und sahen das Unheil, was sie angerichtet hatten. Vor dem Wagen, etliche Meter mitgeschleift, lag ein Körper.

„Wir müssen hier weg, wir müssen verschwinden", war Jörgs erste Reaktion. Dennis stand taumelnd vor dem Wagen, betrachtete den leblosen Körper, der vor ihm lag.

„Das müssen wir wohl. Mein Gott, das wollte ich nicht", stammelte Dennis, den keiner der Gruppe jemals so hilflos gesehen hatte.

Sie waren bereits etwa an die zwei Kilometer weit weg, als Josef Brote wie vom Blitz getroffen zusammen zuckte.

„Verdammt", rief er mit bisher unbekannter Verzweiflung in der Stimme, „meine Tasche – ich habe meine Tasche noch im Auto. Da sind auch meine Papiere drin!"

„Dennis, halt uns da raus", riefen Isabel und Tina beinahe gleichzeitig. „Verdammter Mist!"

Die beiden sahen Dennis völlig aufgewühlt an, bittend – flehentlich.

Und Dennis stammelte: „Haut ab, los, verschwindet von hier. Mein Gott, was habe ich gemacht!"

Zurück blieben vier Männer - Dennis, Alexander, Jörg und Josef, völlig entzaubert von dem bisher so gut gelungenen Abend.

Fragezeichen hingen über ihren Köpfen.

Die Vier gingen zum Auto zurück – sie wollten es zumindest. Schon von weitem sahen sie das blaue Blinklicht eines Streifenwagens.

„Die Tasche werden sie finden", sagte Jörg. „Wir sollten uns jetzt eine gute Geschichte zu Recht legen."

„Ich bin verloren", jammerte der sonst so coole Dennis. „Wenn ich für diese Sache verurteilt werde, bin ich weg vom Fenster – in meinem Job. Ich werde wohl kaum noch Aufträge bekommen."

Josef Brote dachte bei sich „Dennis, wenn das alle deine Sorgen sind – hier liegt ein Toter, und wir alle sind schuld.

„Wir müssen hier schleunigst weg", sagte Jörg. „Die werden sich schon bald melden – wegen der Papiere in der Tasche.   Wir müssen überlegen, was wir aussagen, los – nichts wie weg."

Den restlichen Weg zurück nach Hause gingen die Vier zu Fuß.   Es war nicht mehr allzu weit bis zur Wohnung von Dennis.   Unterwegs begegnete ihnen kein Mensch - um diese Zeit und bei diesem jetzt scheußlichen Wetter.   Es regnete immer noch in Strömen.

Max schreckte aus seinem Alptraum auf. Es dauerte nur einen kurzen Augenblick, bis er wieder klar war – schließlich hatte er diesen Traum, der wahrhaftig ein Alptraum war, schon zig-Mal geträumt.

Obwohl er die Augen wieder schloss, konnte er nicht mehr einschlafen.   Er fühlte sich müde und kaputt, als der Morgen graute.

Und jetzt saßen alle wieder beim Frühstück. Isabel saß wieder am entferntesten von Dennis. Das Gespräch tappte etwas träge dahin, während Max Dennis nach einer zweiten Portion fragte, die der aber mit einer etwas barschen Handbewegung ablehnte.

„Ich muss euch etwas sagen.", sagte Dennis. „Vor dem Frühstück habe ich mit meinem Büro telefoniert. Wir haben leider nicht so viel Zeit, wie ich das gedacht habe."

Alle sahen erstaunt zu Dennis. Was würde jetzt kommen? Selbst Jörg war völlig verdutzt.

„Also", setzte Dennis seine Mitteilung fort, „ mein Büro hat einen riesigen Auftrag bekommen, der meine baldige Anwesenheit erfordert."

Da Dennis eine weitere Pause einlegte, fügte jetzt Jörg seine Vermutung ein: „Dennis, das soll wohl heißen, dass wir auf dem schnellsten Wege zurück nach Hamburg segeln?"

„So muss es leider sein. Ich sollte eigentlich vom nächsten Flughafen nach Hause fliegen, aber ich will euch auch nicht hier allein lassen. Soviel Zeit muss einfach noch sein."

Jörg meldete sich noch einmal.   „Dennis, wenn du Angst um dein Schiff hast, weil ich es schon einmal auf Grund gesetzt habe……"

Weiter kam Jörg nicht.   Dennis fuhr ihm in die Parade.   Gerade noch rechtzeitig merkte er, dass Jörg es nicht ernst meinte. Leider war Dennis für Scherze im Augenblick nicht aufgelegt.   Etwas zu spät hatte er gemerkt, dass Jörg ihn eigentlich nur „aufziehen" wollte.

Dennis versuchte Schadens-Begrenzung. „Jörg, du alter Gauner.   Wäre ich wegen der Havarie sauer, dann hätte ich dich wohl kaum auf diese Fahrt hier mitgenommen.   Nein, es ist schon Ok.   Ich bleibe bis zum Schluss.   Nur – wie gesagt, etwas beeilen müssen wir uns schon."

„Wie viele Tage Seereise haben wir dann jetzt noch vor uns?" fragte Alexander.

„Nun, wir werden stramm durch-segeln", antwortete Dennis.   „Aber den Stopp auf „Islay", den lassen wir uns nicht nehmen – schon gar nicht verpassen wir die berühmten Brennereien."

Sofort nach dem Frühstück wurde Segel gesetzt Die Fahrt ging durch die „Hebriden See", immer gen Süden. In Höhe der „Isle of Mull" kam Dennis mit einem ziemlich nachdenklichen Gesicht aus dem Funkraum.

„Leute", rief er – und wartete bis alle zusammen standen, „ich habe gerade den Seewetter-Dienst abgehört. Das sieht nicht gut aus, was vom Atlantik auf uns zukommt. Es scheint arg zu werden."

Jörg sprach Dennis an: „Und was ist, wenn wir „Islay" doch sausen lassen und versuchen, noch durch den Nordkanal aus dem offenen Meer heraus zu kommen – sozusagen Schutz zwischen Nordirland und England zu suchen?"

Dennis hob die rechte Hand und sagte: „So viel Zeit haben wir wohl nicht. Zumindest ist es ein Risiko, ob wir das schaffen. Wie ist eure Meinung? Es ist unser aller Gesundheit. Sollen wir auf der „Isle of Mull" ankern oder segeln wir weiter, so wie es Jörg gesagt hat?"

Jörg ergänzte noch, dass es in dem Bereich, den er erwähnt hatte – die Irische See – auch oftmals sehr unangenehm werden kann.

Bei allen ratterten die Gedanken. Alexander und Isabel würden überhaupt nicht mehr gerne auf dem Schiff sein, egal bei welchem Wetter, auch wenn sie dieses nicht laut sagten.

Die beiden waren für eine schnelle Fahrt nach Süden, dann wären sie um so eher wieder zu Hause – sie sahen dies als Vorteil.

Auch Dennis sprach sich für die schnelle Weiterfahrt aus – er wollte schnell ins Büro.

Jörg und Max war es egal, sie schlossen sich an.

Somit stand fest – so schnell wie möglich sollte die weitere Heimreise erfolgen.

Die „Falken-Queen" lief mit äußerster Kraft Richtung Süden. Die Segel waren gesetzt; zur Unterstützung lief auch noch der starke Motor, der die Schiffschraube zur Höchstleistung antrieb.

Dennis stand am Steuerrad, Jörg war am Funkgerät, um die laufenden Wettermeldungen abzuhören.

Alexander, Isabel und Max hatten sich in ihre Kabinen begeben, um noch etwas auszuruhen. Sie wurden gerade nicht an Deck gebraucht, und Dennis hatte ihnen gesagt, dass sie alle in Kürze wohl vielleicht keine Zeit zum Ausruhen haben werden – sollte es wirklich ein ausgewachsener Sturm werden.

„Eigentlich eine gute Entscheidung", dachte auch Max, der von der vorausgegangenen fast schlaflosen Nacht Blei in den Knochen hatte.

Wenn Max gewusst hätte, dass er **erneut** in seinen **Alptraum** eintauchen würde, er wäre trotz seiner Müdigkeit an Deck geblieben. Max konnte sich nicht wehren – er schlief ein.

Kann man sich gegen Träume wehren? Max war darin wieder in der Wohnung von Dennis – mit Jörg und Alexander.

Der große Dennis war immer noch mit seiner Zukunft beschäftigt. Das schien im Augenblick sein größtes Problem zu sein.

„Wie kann man so ein Geschehen bloß so verdrängen", dachte Josef, „immerhin gibt es einen Toten – einen Toten, für den w i r verantwortlich sind!"

Jörg stimmte mit ein – in Dennis` Wehklagen, wenn auch nicht so stark wie Dennis – doch auch seine Stimme zitterte. In der Bank würde auch er einen schlechten Eindruck machen. Als Jugendsünde würde ihm der Vorstand dies nicht durchgehen lassen.

Die nächsten Worte, die von Dennis zu hören waren, machten Josef Brote fassungslos.

„Josef", sagte Dennis, „es gibt eine Möglichkeit, wie wir aus der Sache herauskommen."

Josef schüttelte sich noch einmal, und antwortete dann: „Dennis, wie soll man aus so einer Sache heraus kommen. Was soll das werden? Hast du wieder einen deiner blendenden Einfälle?"

„Sieh es doch einmal so, Josef.", fuhr Dennis fort, und er hatte schon einen ganz anderen Tonfall – scheinbar hatte er sich schon wieder gefangen. „Die Polizei wird deine Tasche im Auto gefunden haben.   Der Besitzer des Autos wird eine Diebstahl-Anzeige machen.   Ich sehe im Augenblick keine Ausrede, wie deine Tasche ins Auto gekommen ist."

Josef starrte Dennis an – konnte nicht glauben, was er bis jetzt gehört hatte.   Er kannte Dennis, wusste worauf der hinaus wollte – sich aus der Sache raus halten, anderen die Verantwortung in die Schuhe schieben, wie der es schon immer tat.

Bevor Dennis weiter reden konnte, fuhr ihm Josef dazwischen: „Du willst also, dass ich die Sache ausbade – willst du das?   Am Lenkrad werden deine Fingerabdrücke sein – meine nicht. Wie du vielleicht weißt – ich saß hinten."

Dennis zuckte zusammen.   So hatte man noch nie mit ihm gesprochen – schon gar nicht hatte es einer aus der Gruppe gewagt, Dennis war irritiert.

Es war Jörg, der das Gespräch wieder aufnahm, nachdem eine längere schweigende Pause entstanden war.

„Ich habe da so eine Idee", sagte Jörg, „wir wissen, dass Dennis` Zukunft zerstört ist, wenn wir geschnappt werden. Meine wird auch nicht rosiger – bei der Bank. Ich habe überlegt, dass w i r a l l e „dran kommen" können. Dennis hat getrunken, wie wir alle. Auch Beifahrer können bestraft werden, wenn sie dulden, dass ein alkoholisierter Fahrer am Steuer sitzt und sie nicht eingreifen."

In Dennis Augen blitzte es auf. Er hatte blitzschnell kapiert, was Jörg meinte, und das war ja auch das, was er vor einigen Augenblicken ebenfalls gedacht hatte, bevor Josef ihn unterbrach.

„Jörg, du hast da völlig recht", sagte Dennis. „Selbst wenn wir die Mädels außen vor lassen, wir Vier werden uns vor Gericht verantworten müssen – ist euch das allen klar?"

Josef starrte Dennis und Jörg an. „Und ihr meint, dass sich einer von uns opfern soll, der dann allein im Wagen gesessen hat? Einen Moment, da ist meine Tasche im Spiel. Ich bin das Opfer?"

Dennis schaut etwas betreten zu Boden, Jörg an die gegenüberliegende Wand.

„Etwas ist doch dran", sagte Dennis. „Wir haben doch immer gesagt – einer für alle."

Josef stand auf und rief: „Ihr meint in diesem Fall aber: Josef für alle – oder?"

Es entstand erneut eine längere Pause, bis Dennis sich wieder als Wortführer meldete.

„Josef, wir können natürlich alle in den Bau gehen. Aber lass uns doch noch einmal über diese andere Chance sprechen."

„Hoho", lachte Josef, „ihr meint, dass nur derjenige in den Bau soll, der am wenigsten zu verlieren hat – oder liege ich da falsch? Und dieser jemand – der bin dann ja wohl ich?"

„Wenn man es so sieht", erwiderte Dennis, „dann ist das eigentlich so. Versteh mich bitte nicht falsch, Josef, denn ich weiß, dass dies ein sehr starkes Stück ist, was wir von dir verlangen. Aber bitte überlege einmal – alle Vier oder du!"

Josef schaute Alexander an, der den Kopf senkte - bis jetzt kein einziges Wort gesagt hatte.

Dann blickte Alexander auf, sah alle nacheinander an.   Sein Blick blieb zuletzt bei Josef hängen. „Josef", sagte er, „wir beide haben tatsächlich am wenigsten zu verlieren.   Aber so ein Opfer zu bringen, das ist vom Leben nicht fair.   Es ist ja noch gar nicht abzusehen, w a s   das für ein Opfer sein wird.   Schließlich ist mit einer längeren Freiheitsstrafe zu rechnen."

Es entstand erneut eine Pause.   Jörg und Dennis sagten nichts – Josef sah Alexander direkt ins Gesicht.

„Und w a s genau meinst du jetzt?", fragte Josef.

„Ich meine", fuhr Alexander fort, „dass du das nicht allein verbockt hast.   Schuld sind wir alle, das dürfte hier wohl jedem klar sein. Ich bin bereit, mit dir die Schuld gemeinsam auf mich zu nehmen.   Wie soll ich sonst damit leben?"

Wenn man Jörg und Dennis genau beobachtet hätte, wäre ein Aufblitzen in deren Augen zu erkennen gewesen.   Das schien es zu sein, was sie gehofft hatten – selbst fein raus zu sein. Die beiden könnten damit leben, Freundschaft hin oder her   die schien ohnehin am Ende zu sein.

Josef atmete hörbar durch, sah Alexander ins Gesicht, ging zu ihm und legte ihm die Hand auf die Schulter und sagte: „Ich sehe hier zwei Märtyrer im Raum – zwei Opfer, da die anderen sich ja wohl aus diesem Drama raushalten wollen. Dennis und Jörg – habt ihr eine Idee, wie es für Alexander und mich aussehen wird, wenn wir aus der Haft entlassen werden?   Unsere Zukunft wird auf jeden Fall im Eimer sein – mit einem Führungs-Zeugnis und einem Hafteintrag brauchen wir uns wohl kaum lukrativ noch irgendwo bewerben.“

Jörg antwortete ihm nach einigem Zögern. „Josef, alles was du sagst, ist ja richtig. Wenn wir alle das so durchziehen, wie es eben angeklungen ist, werden – nein – das Wort ist falsch, müssen Dennis und ich uns irgendwie erkenntlich zeigen, auch wenn dieses Wort auch wieder nicht richtig ist.“

Dennis schlug in diese Kerbe.   „Josef, Alexander, was soll ich sagen.   Ihr beide wisst, dass es Jörg und mir beruflich und finanziell gut geht. Das ist eigentlich alles, was wir zu bieten haben. Solltet ihr in Haft kommen, so werden wir danach für euch sorgen, **v e r s p r o c h e n** !“

„Das ist Ehrensache", warf Jörg ein. „Wir werden alles tun, damit ihr nach einer eventuellen Haft-Entlassung klar kommt, **v e r s p r o c h e n** !"

Jetzt war es Alexander, der entrüstet auf sprang. „Mehr fällt euch dazu nicht ein, was! Was ist Geld wert – im Gegensatz für eine Haft hinter Gefängnismauern. Mit Geld allein kann man s o etwas nicht wieder gut machen."

„Ok, ok", rief Jörg schnell dazwischen, „wir werden euch ewig dankbar sein müssen. Wir werden euch nie im Stich lassen, was auch immer passiert – **versprochen**!

Josef schüttelte nur mit dem Kopf, ungläubig staunend über diese ganze Diskussion.

„Wir müssen jetzt eine Entscheidung treffen", sagte er, „denn die Polizei wird schon morgen früh bei mir auf der Matte stehen. Alexander, bitte sage uns, was du denkst."

„Ich habe gesagt, dass ich Verantwortung trage, notfalls allein mit dir, dabei bleibe ich auch."

Da war es wieder – dieses Aufblitzen in den Augen von Dennis und Jörg. Sie schienen sich sicher zu sein, dass es für sie gut ausgehen wird. Erwartungsvoll sahen sie beide zu Josef.

„Ihr seid mir tolle Freunde.", begann Josef. „Sicherlich ist dies eine äußerst unangenehme Situation. Eure finanzielle und berufliche Hilfe für Alexander und mich ist hoffentlich ehrlich gemeint. Aber wie sieht es zwischendurch aus – von der Verhaftung bis zur Entlassung? Macht ihr euch darüber bitte auch einmal Gedanken! Alexander und mir geht es nicht besonders gut, aber ein Aufenthalt in einer Justizvollzugsanstalt – das hatten wir bis jetzt noch nicht nötig. Und alles was ihr beide tun müsst, um nicht in den Knast zu kommen, ist, uns Versprechen für die Zukunft zu geben."

Dennis und Jörg schauten sich an, danach zu Boden und dann wieder zu Alexander und Josef, ohne ein Wort zu sagen.

Josef unterbrach die Stille: „Ich werde es tun, werde mich stellen – allein. Alexander, was du gesagt hast, ist ehrenhaft von dir. Aber wir können sowieso nicht gut machen, was wir angerichtet haben. Ich halte dich raus!"

Alexander sprang entrüstet auf. „Ich finde es nicht gerecht, dass du für uns alle leiden sollst. Mein Gott, das ist so ungerecht."

Alexander hatte Tränen in den Augen. Bei Dennis und Jörg war davon nichts zu sehen. Die beiden waren mehr als nur abgebrüht.

„Also", sagte Josef, „sorgt in der Zwischenzeit für Alexander. Das erwarte ich eurem Versprechen nach auch für mich - nach meiner Entlassung. Und es wäre nicht schlecht, wenn ich mich in Haft nicht so ganz allein fühlen würde."

Dennis und Jörg bemühten sich, die Steine nicht zu zeigen, die beiden von der Leber rollten. Alexander und Josef bemerkten es trotzdem.

Stumm gingen Dennis und Jörg zu Josef und schüttelten seine Hand. Sie gaben sich auch die Fünf. Alexander durfte sodann die gleiche „Großzügigkeit" erwarten. Josef verließ Dennis` Wohnung, ging nach Hause, um darauf zu warten, verhaftet oder zumindest verhört zu werden.

Josef spürte eine Hand auf seiner Schulter. Er erwachte und sprang hoch. **Jörg hatte ihn geweckt – aus seinem vielfachen Alptraum.**

Es dauerte einen Moment, bis aus Josef wieder Max wurde und der merkte, dass nicht die Polizei vor seiner Koje stand.

„Max, steht auf", sagte Jörg. „Das Unwetter hat uns eingeholt!"

----

der Sturm

Auch wenn der Mensch etwas anderes will, das Wetter kümmert sich nicht darum - erst recht nicht ein Orkan-Tief, das vom Atlantik kommt.

Viel schneller, als man sich das an Bord der „Falken-Queen" gedacht hatte, kam das Unwetter heran. Das Schiff befand sich jetzt zwischen den Inseln „Mull" und „Islay".

Es bestand weder die Aussicht, noch vor dem Hochstand des Sturmes nach „Mull" zurück zu kehren, noch „Islay" zu erreichen.

Die aufkommende Unruhe an Bord war mehr als begründet. Max trabte in seine Kombüse, um alles, was nicht Niet-und-nagelfest ist, zu verstauen.

Isabel sammelte alle „Kleinigkeiten" ein, die sich oben an Deck finden ließen und brachte diese nach unten in Sicherheit.

Dennis rief laut durch den schon beginnenden Sturm Jörg und Alexander zu, dass es höchste Zeit ist, die Segel einzuholen, um nicht zu kentern.

Die beiden leiteten alles dafür in die Wege, aber das Hauptsegel bewegte sich nicht. So sehr sich Alexander und Jörg auch bemühten, das Segel saß irgendwie oben fest.

„Einer muss hinauf – das Segel lösen", rief Dennis. „Wahrscheinlich klemmt ein Tau."

Dennis sah Jörg nur stumm an – der verstand. Der Blick hatte ihm gesagt, dass er etwas „gut-machen" soll. Und Jörg hatte dies so verstanden, dass er seine Havarie von damals gut-macht.

Er rief Dennis zu: „Die „Falken-Queen" wird es sicher begrüßen, wenn   i c h   auf den Mast steige   und   sie   vom   Segel   befreie. Vielleicht vergisst sie dann, was ich ihr damals für einen Schaden zugefügt habe."

Dennis war es egal, wenn nur er nicht hinauf musste.   Der   Sturm   war   inzwischen angekommen,   der   Mast   schwankte   schon bedenklich.   Jörg machte sich auf den Weg nach oben.   Dabei musste er einige Male Pausen einlegen, wenn das Schiff sich zu sehr auf die Seite legte.   Die Sache war lebensgefährlich.

Isabel hatte inzwischen alles verstaut und vertäut, was sie lose finden konnte.   Auch Max kam aus seiner Kombüse.   Dennis stand am Ruder und versuchte krampfhaft,   die   „Falken-Queen" auf Kurs zu halten.   Alexander hielt sich an der Reling fest – alle sahen zu Jörg hinauf, der sich vorsichtig nach oben hoch arbeitete.

Da   passierte   e s !

Was war das denn gewesen?   Das Schiff hatte einen Stoß erhalten, der fast alle an Deck von den Beinen geholt hätte.   War es eine Sturm-Böe, war es eine besonders gewaltige Welle, war es etwa das Schiff selbst, das Jörg nicht am Mast duldete, wo er schon ihren Kiel ramponiert hatte?

Entsetzt sahen die auf Deck mühsam festen Stand suchenden, dass Jörg etwas seltsam oben am Mast hing.   Der gewaltige Stoß hatte auch ihn wohl überrascht.   Er verlor den Halt, griff nach dem erst-besten Tau, um nicht abzustürzen. Das   gelang   ihm   auch   zunächst. Doch der nächste Stoß riss seinen Fuß von der Rahe, wo er kurzfristig Stand gefunden hatte.

„So viele Möglichkeiten hier oben", dachte Jörg. „Rahe und Spieren, Lieken und Kauschen, Taue, und ich finde hier einfach keinen richtigen Halt."

Beim nächsten Stoß fiel Jörgs Körper vornüber nach unten – ein Tau legte sich um seinen Hals, hielt ihn. Von unten atmeten die Vier an Deck auf, als Jörg nicht weiter nach unten fiel. Sehen konnten sie von unten nicht, was es mit dem Tau auf sich hat. Jörg dagegen spürte, was dieses mit ihm und an ihm anrichtete.

Jörg konnte nicht einmal mehr schreien – langsam erstickte er – mit dem Kopf nach unten hängend.

Als Jörg sich nicht mehr bewegte, befiel alle an Deck Panik. Alexander begriff wohl zuerst, dass Jörg in Schwierigkeiten steckte. Ohne ein weiteres Wort kletterte auch er auf den Mast. Oben angekommen erkannte er sofort, dass hier ein Unglück passiert ist und er merkte auch, dass Jörg nicht mehr zu helfen ist. So sehr sich Alexander bemühte, er allein konnte Jörg nicht aus seiner Lage befreien – Jörg hing fest.

Alexander kletterte mühsam den Mast hinunter und wäre beinahe noch selbst abgestürzt. Kreidebleich kam er unten an.

„Jörg hängt oben fest", sprudelte es aus ihm heraus. „Er hat ein Tau um den Hals. Ich fürchte – er ist tot!"

Entsetzen war in allen Gesichtern fest zu stellen. Alexander schrie nur: „Ich kann das nicht allein. Wir müssen zu zweit hinauf und nach Jörg sehen. Vielleicht ist noch etwas zu retten."

Max ging auf den Mast zu, Alexander folgte ihm. Die beiden kletterten hinauf. Max hielt Jörgs Kopf, nahm den Druck von dem Tau um dessen Hals. Das Tau konnte aber auch er nicht lösen, während Alexander gleichzeitig den Puls von Jörg fühlte – beide in schwindelnder Höhe.

Alexander rief Max zu, dass er bei Jörg keinen Puls mehr fest stellen kann - und „Lass uns hinunter klettern und etwas zum Tauabschneiden holen." Die beiden kletterten den bedenklich schwankenden Mast hinunter. Unten angekommen berichteten sie Dennis und Isabel, was sie oben bei Jörg fest gestellt haben.

„Dennis", sagte Isabel, nein – sie schrie es ihm ins Gesicht – gegen den Sturm an. „Es wäre an der Reihe, wenn du jetzt mal hinauf klettern würdest. Dort oben hängt dein bester Freund. Soll der etwa so da oben hängen bleiben?"

Dennis machte keinerlei Anstalten, sich vom Ruder weg zu bewegen. Es verging bald eine Minute, bis auch er in den Sturm hinein schrie: „Ich bin der Skipper hier. Ich kann hier nicht weg. Wollt ihr, dass wir alle sterben?"

„Wir werden alle sterben, wenn nicht bald das große Segel gerefft ist.", sagte Max und versuchte, ruhig zu bleiben, was ihm nur einigermaßen gelang. „Das Segel hat sich übrigens auch mit einem Tau verhakt. Deshalb können wir es nicht hinunter bringen. Außerdem müssen wir Jörg dort oben irgendwie abschneiden. Er kann wohl nicht dort bleiben!"

Max nahm ein kleines Beil aus dem Schiffs-Notkasten und machte sich wieder auf den Weg nach oben. Es wurde immer beschwerlicher, dort hinauf zu kommen. Der Sturm nahm an Stärke zu. Oben angekommen durchtrennte Max mit gezielten Hieben das Tau, das verhinderte, das Segel einzuholen. Dann blickte er verzweifelt auf Jörg. Noch einmal nahm er sich dessen Puls vor. Es war nichts mehr da – Jörg war tot. Was sollte Max tun? Niemand würde Jörg hinunter bekommen – nicht bei dem Seegang.

Max` Blick ging nach unten, dann schaute er wieder zu Jörg.   „Ich habe keine andere Wahl", sagte er sich und durchtrennte das Tau, mit dem Jörg noch gehalten wurde.

Jörg fiel - eigentlich wurde er hinab geschleudert. Die „Falken-Queen" machte so einen Satz, dass deren Mast mehrere Meter nach Steuerbord ausschwenkte.

Jörg fiel – aber er fiel dadurch nicht aufs Deck. Er streifte noch kurz die Reling und stürzte über Bord – ins Gischt-schäumende Wasser. Sekunden später war er nicht mehr zu sehen.

Vor Entsetzen hatten alle wie gelähmt zuerst auf den abstürzenden Jörg, dann aufs tosende Meer geschaut – Jörg tauchte nicht mehr auf.

Isabel schrie auf, ging auf Dennis zu, der keinen Schritt vom Ruder weg gemacht hatte und trommelte ihre Fäuste auf seine Brust.

„Unternimm gefälligst was!   Ruf die Küstenwache oder mach sonst etwas!   Spring meinetwegen hinterher."   Isabel war außer sich.

Dennis rührte sich nicht – sein Gesicht zeigte keinerlei Regung. Isabel trommelte erneut mit ihren Fäusten auf ihn ein.

Dennis schlug ihr ins Gesicht!

Alexander hatte das gesehen. Mit hochrotem Kopf rannte er auf Dennis zu. „Jetzt ist es genug, einmal muss Schluss sein! Du bist einfach nur ein arrogantes Schwein."

Dennis löste sich aus seiner Starre. Er nahm die Hände vom Ruder und eine Stange in die Hand, die an der Bordwand als Anlege-Abstands-Stange angebracht war. Damit ging er auf Alexander los. Dennis drängte ihn an die Bordwand und bearbeitete Alexander mit der Stange. Dennis nahm die Stange quer und hielt sie Alexander an den Hals, der darauf kaum noch Luft bekam. Max hatte davon nichts mit bekommen, denn er suchte immer noch das Wasser ab, hoffend, Jörg doch noch irgendwo zu entdecken.

In diesem Augenblick kam Isabel aus dem Schiffsbauch an Deck. Was sie in der Hand hielt, das war die Leuchtpistole für Notfälle.

Hasserfüllt blickte Isabel Dennis ins Gesicht, als der sich kurz Isabel zuwendete. Dennis ließ von Alexander ab und kam mit erhobener Stange auf Isabel zu.

Was alle als nächstes sahen, war der feuerrote Schein, als sich eine Leucht-Signal-Rakete aus der Pistole löste. Auch Dennis sah das, erstarrte und nahm mit ungläubigem Gesichtsausdruck wahr, was da auf ihn zu kam.

Das Leuchtsignalmittel traf Dennis in die Brust. Ungläubig schaute der an sich hinunter. Die Munition fraß sich in Dennis` Körper hinein. Er schaute Isabel, Alexander und Max an, der inzwischen auch mitbekam, was geschah. Dann fiel auch Dennis über Bord. Einen kurzen Moment lang sahen alle noch etwas Rotes im Wasser leuchten, dann verlosch auch das Signal, verlosch ebenso wie Dennis` Leben.

Entsetzt standen Isabel, Alexander und Max an Deck. Auch Dennis war verschwunden, verschlungen von der aufgewühlten See, wie Jörg.

Max riss sich zuerst aus seiner Starre. „Wenn wir nicht sofort das Segel einholen, dann wird das Schiff kentern und wir werden alle Dennis und Jörg folgen! Isabel gehe bitte ans Ruder und halte die „Falken-Queen" im Wind, damit wir nicht kentern."

Isabel löste sich auch aus ihrem Entsetzen und sprintete zum Steuerrad. Sie musste alle Kraft aufwenden, um dieses einigermaßen zu halten. Schiff, See und Sturm zerrten am Schiff. Alexander half Max das Segel einzuziehen, was jetzt auch gelang, nachdem das Tau zertrennt war. Das Segel hätte beinahe Max und Alexander noch über Bord gehauen, als ein heftiger Windstoß das Segel, das bereits halb schlaff herunter hing, traf. Dann war es geschafft. Die beiden Männer zurrten das Segel fest, damit es keinen Schaden anrichten konnte. Isabel stand immer noch tapfer am Steuerrad und kämpfte sichtbar mit den Gewalten, die daran zerrten.

Der Sturm tobte noch mehr als zwei Stunden. Die „Falken-Queen" hatte die Oberhand behalten. Sie war nicht gekentert, nicht gesunken, was sie natürlich nicht allein geschafft hätte.

Die übrig gebliebenen drei Menschen an Bord hatten während der letzten Stunden keine Zeit gehabt, um über die schrecklichen Geschehnisse nach zu denken – nicht bei dieser Lebensgefahr.

Als der Sturm abflaute und auch Isabel, Max und Alexander zur Ruhe kamen, war alles wieder zurück.   Still saßen die Drei an der Bordwand, immer noch ein Sicherungstau um den Körper geschlungen, obwohl – die Gefahr für die Drei war vorüber.

Isabel zitterte am ganzen Körper. Erst nach einigen Minuten waren sie fähig, verständliche Worte aus ihrem Mund zu entlassen.

„Was habe ich getan?", weinte sie vor sich hin.

Alexander und Max nahmen sie in ihre Arme, von rechts und von links. „Du hast überhaupt keine Schuld an dem, was hier passiert ist, Isabel!", sagte Max.

„Genau", fügte Alexander hinzu, „das war reine Notwehr von dir. Dennis wollte mich umbringen. Du hast mir das Leben gerettet. Dennis hätte auch dich umgebracht, so wie der drauf war. Er wollte dich erschlagen – erinnere dich!"

Isabel nickte, zitterte aber noch immer. Sie sah die Leuchtpistole an Deck liegen, die sie fallen gelassen hatte. Isabel hob sie auf und schleuderte sie über Bord.

Nichts deutete mehr darauf hin, was hier passiert war. Selbst der Himmel hatte ein Einsehen, den Sturm weggesperrt und zeigte ein wenig blau.

„Wir müssen nun ganz genau überlegen, was jetzt zu tun ist und wo wir überhaupt sind.", sagte Max.

„Was machen wir mit dem Schiff?", fragte Alexander. „Die Papiere dafür lauten auf Dennis. Wir können somit ohne Skipper-Patent nicht einfach in irgendeinen Hafen einlaufen, ohne Gefahr zu laufen, in Fragen verwickelt zu werden. Wir haben keine Antwort darauf, wo Dennis ist. Oder sollen wir es auf den Sturm schieben und erzählen, dass er über Bord ging? Das würde jedenfalls auch einige weitere peinliche Untersuchungen nach sich ziehen."

Isabel sagte zaghaft: „Wir könnten das Schiff versenken. Oder habt ihr eine bessere Idee?"

Max und Alexander sahen sie erstaunt an. „Isabel, wo die „Falken-Queen" diesen heftigen Sturm überstanden hat – uns quasi das Leben gerettet hat, weil sie nicht untergegangen ist – da sollen wir sie versenken?"

Max räusperte sich. „Ich war schon einmal im Gefängnis. Dort lernt man so einige Leute kennen. Einer davon war sozusagen ein Häuptling - mit enormen Verbindungen. Er hat zwar schlimme Verbrechen begangen bzw. angeordnet, aber im Herzen noch etwas an Gerechtigkeit bewahrt. Als er erfahren hat, dass ich unschuldig dort bin, nahm er mich unter seine Fittiche und passte auf mich auf."

Isabel und Alexander sahen Max ungläubig an. Max hob die Hand und fuhr fort: „Lasst mich weiter reden. Dieser Mann hat mich vor einigen weiteren Narben bewahrt, wie ich sie auf Brust und Rücken habe. Keiner hat mehr gewagt, mir etwas anzutun. Er sagte immer, dass ich jetzt zu seiner unschuldigen Familie gehöre, was „für ihn" mit Sicherheit nicht zutraf. Aber er hat mir geholfen, nach drei Jahren Schinderei einigermaßen heil durch weitere drei Jahre Haft zu kommen."

Max machte eine Pause und schluckte. Offenbar kam einiges in ihm wieder hoch – dachte an diese schlimme Zeit – noch schlimmer, wenn man unschuldig ist.

Isabel und Alexander waren baff. Sie sagten kein Wort und hörten weiter zu.

Max hatte sich wieder gefangen und erzählte weiter: „Mein auf-mich-Aufpasser hat solche Verbindungen, dass er wahrscheinlich auch weiß, was wir mit dem Schiff anfangen können. Mit Sicherheit hat er einen Abnehmer dafür. Soweit ich weiß, müsste er inzwischen auch entlassen sein. Ich habe noch irgendwo in meinen Sachen seine Telefonnummer."

Alexander sah Max sehr ernst ins Gesicht - eine lange Zeit ins Gesicht, bis er fragte: „Und du bist dir sicher, dass das klappen wird – das mit dem Verkauf? Wir haben doch überhaupt keine Papiere auf unseren Namen."

Max lachte und erwiderte: „Du bist wahrhaftig harmlos, Alexander. Du hast bisher immer nur die Welt von Dennis kennen gelernt, nicht wahr? Was weitab geschieht, davon habt ihr keine Ahnung. Im „wirklichen Leben" geht es anders zur Sache. Ich bin sicher, mein Gönner braucht gar keine Papiere – oder: es wären sicher nicht die ersten „falschen", die er besorgt."

„Ruf ihn an, Max", sagte Isabel, „Dennis hat keinerlei Verwandte mehr, hat er mir einmal gesagt. Wir werden keinem schaden, wenn die „Falken-Queen" in andere Hände kommt. Und du hast natürlich recht – zum Versenken ist sie wirklich viel zu schade." Alexander nickte.

Max ging unter Deck und kramte in seinen Sachen. Triumphierend kam er wieder hoch, hielt einen Zettel in der Hand – er wählte:

„Hallo – **hier ist Josef Brote**", sagte Max.

Alexander und Isabel traf beinahe der Schlag. Sie setzten sich auf den Boden, sahen sich an, waren nicht fähig, auch nur ein Wort zu sagen.

Blitzartig war bei beiden der Groschen gefallen.

Josef – alias Max – führte ein längeres Gespräch. Als er das beendete, sagte er: „Wir werden in einer Stunde erfahren, ob es was wird – aus unserem Geschäft."

„Josef", sagte Isabel und sie sagte das fragend, „das glaube ich jetzt nicht.   Bist du es wirklich? Wie kann das sein.   Wieso haben wir dich nicht erkannt?"

Alexander saß immer noch stumm auf dem Boden, als Josef antwortete: „So ein Aufenthalt über sechs Jahre kann einen ganz schön verändern, nicht wahr?"

Und dann erzählte Josef, wo er die restliche Zeit, die restlichen sieben Jahre gelebt hatte, bis er auf die „Falken-Queen" in Hamburg gestoßen ist.

„Willst du Rache?", fragte zaghaft Alexander. „Du hättest allen Grund dazu.   Was hast du vor?"

Isabel hatte sich langsam wieder einigermaßen gefasst. „Josef", sagte sie zaghaft, „wir müssen dich um mehr als nur um Entschuldigung bitten. Vielleicht weißt du noch, dass Tina und ich zwar mit dabei waren, aber auch nichts verhindern konnten, was damals so schrecklich geschehen ist. Tina und ich sind damals nach deiner Verurteilung weggezogen – sie nach Konstanz und ich nach München. Das sieht so aus, als wollten wir eine größtmögliche Distanz hinlegen, und eigentlich war das auch so. Ganz kurz danach habe ich den Kontakt auch zu Tina verloren, zu Alexander, Jörg und Dennis hatte ich die ganzen Jahre keinen mehr."

„Das stimmt", fügte Alexander ein, „Tina und Isabel waren für uns andere verschwunden. Und du kannst mir glauben, Josef, das wäre ich am liebsten auch. Vielleicht hast du gemerkt, dass ich auch heute oder bis gerade noch von Dennis Gnaden abhängig war. Er hatte den Kontakt zu dir sogar verboten, damit nicht doch noch jemand auf die Idee kam, Rückschlüsse auf weitere „Täter" zu ziehen. Sogar das Unfallauto von damals hat er kaufen lassen – aus lauter Angst, dass seine Fingerabdrücke noch immer dort am Lenkrad geblieben sein könnten."

Isabel meldete sich erneut: „Josef, Tina und ich haben direkt vor unserem Wegzug noch mitbekommen, dass sich Jörg und Dennis um dich kümmern wollten, wenn du aus der Haft kommst. Und Dennis hat auch uns gedrängt, keinen Kontakt mit dir zu halten. Es ist beschämend, dass Tina und ich uns daran gehalten haben, aber wir wussten ja nichts genaues über eure Abmachung und nahmen an, dass dies der Plan ist. Später hatte ich noch einmal erfahren, dass Tina gesundheitliche Probleme hatte, die ja jetzt wohl vor der Eskalation stehen. Ich selbst hatte ja inzwischen geheiratet und wusste nicht, wie ich es meinem Mann beibringe, dich in der Justizvollzugsanstalt so weit weg zu besuchen und auch weshalb. Mein Mann hätte erfahren, was damals passiert ist, und vielleicht wären dann bei uns ziemlich große Schwierigkeiten aufgetreten. Alles tut mir so leid, Josef. Ich wünsche mir sehnlichst, du könntest mir verzeihen."

Josef nahm Isabel in den Arm. „Isabel, mach dir keine Vorwürfe mehr. Du scheinst auch genug gelitten zu haben, wie du mir gerade erzählt hast. Auch Tina kann ich keinen Vorwurf machen. Eigentlich seid ihr beiden Frauen ja die Unschuldigsten von uns allen bei der Sache.

Und es tut mir leid um alles, was auch zwischendurch geschehen ist – mit euch. Dass Tina so krank ist, das geht mir auch nahe."

Es war wieder an der Reihe, dass Alexander etwas sagte, was er auch tat: „Josef, ich kann dich nur bitten, auch meine Entschuldigung anzunehmen. Wenn du es willst, springe ich über Bord. Aber ich kann dir sagen, dass ich nicht zu meinen Freunden springe, denn das waren sie sicher nicht. Diese verdammte Abhängigkeit treibt mir auch jetzt in diesem Augenblick noch das Blut aus den Adern.

Wenn ich etwas tun kann, dann sage es bitte. Eine finanzielle Entschädigung hätten dir nur Dennis und Jörg bieten können, ich arme Sau bin wie immer pleite.

Ich kann mich noch gut an unser letztes Gespräch in Dennis Wohnung kurz vor deiner Verhaftung bzw. vor deinem Geständnis, mit dem du uns alle gerettet hast, erinnern. Die beiden wollten dich unterstützen, haben aber keinen Finger krumm gemacht, dich ausfindig zu machen. Und du, warum hast du dich nach der Entlassung nicht eher gemeldet?"

„Das weiß ich auch nicht so genau", sagte Josef. „Meine Enttäuschung war zu groß, meine Wut war zu groß.   Ich wusste damals nicht oder war mir nicht sicher, dass etwas passieren kann, wenn ich die beiden wieder treffe.

Und Alexander, dir kann ich sagen, dass ich dir zu keiner Zeit böse war, denn ich kann mich auch noch gut an die „Besprechung mit den Versprechen" erinnern.   D u   hast angeboten, mit mir alles durch zu stehen.   Auch du wolltest dich stellen, was   i c h   dir ja ausgeredet habe."

Alexander konnte seine Tränen nicht mehr halten. Josef und er lagen sich in den Armen, und auch Isabel legte ihre Arme um die beiden Männer.

„Was machen wir, wenn du gleich keinen Anruf bekommst, oder der Mann gar nicht an diesem Schiff interessiert ist", fragte Isabel.

Alexander meldete sich zu Wort.: „Josef, wenn dein „Gönner" das Schiff übernehmen will, was soll denn dann der Preis dafür sein? Aber was ich eigentlich sagen will, der Erlös für die „Falken-Queen" steht dir allein zu!"

Josef schüttelte den Kopf, wollte darauf erwidern.

Alexander ließ ihn nicht zu Wort kommen. „Josef, wir haben gehört, dass Dennis überhaupt keine Erben hat. Das Schiff gehört ihm ganz allein. Isabel und ich wissen, was du für uns alle getan hast. Nimm das Geld für das Schiff an. Das ist das Minimum, was wir und sozusagen Dennis im nach hinein noch tun können.

Sechs Jahre Gefängnis und das auch noch unschuldig für das Strafmaß, das man dir aufgebrummt hat - das ist mit Geld überhaupt nicht wieder gut zu machen."

Bevor Josef antworten konnte, frage Isabel: „Wieso ist überhaupt so ein hohes Strafmaß zusammen gekommen. Sechs Jahre – das ist schon eine hohe Strafe!"

Auch Alexander kam Josef vor dessen Antwort zuvor, als er sagte: „Ich war im Gerichtssaal. Dennis und Jörg waren zu feige, dort zu sein. Mann, was hatten die eine Angst vor Entdeckung. Das Gericht hat mehrere Taten gesehen. Zuerst war der Diebstahl des Autos, dann das Fahren unter Alkohol, denn Josef hatte noch am Morgen Restalkohol im Blut, dann kam als Hauptsache der Unfall mit Todesfolge und auch noch die Unfall-Flucht. Das zusammen ergab dann laut Gericht eine Gesamt-Freiheitsstrafe von sechs Jahren."

Josef schluckte und schaute verbittert in die Ferne. Auch er hatte nichts vom damaligen Geschehen vergessen, nicht die nächtliche Fahrt, nicht den Gerichtssaal und natürlich auch nicht die lange Haft und das, was er dort während dieser Zeit ertragen hatte. Auch wenn er eine Teilschuld hatte, am Steuer hatte er nicht gesessen, aber er nahm alles auf sich - „einer für alle".

Die Versprechen, ihn nicht im Stich zu lassen, sich um ihn zu kümmern, während seiner Haft und auch danach, was war das alles wert gewesen – nichts. „Versprochen ist versprochen" – diese Worte hatten ihn die ganze Zeit begleitet, nichts davon war wahr. Die ganze Freundschaft war nichts wert gewesen, diese bittere Erfahrung musste er machen – es war schmerzlich für ihn.

Isabel holte Josef aus seinen düsteren Gedanken. „Josef, du hast keine Wahl. Das Geld für das Schiff ist für dich allein. Ich jedenfalls nehme keinen Cent davon."

Alexander stimmte in der nächsten Sekunde diesen Worten zu. „Auch ich werde keinen Cent anrühren, Josef", sagte er. „Das Geld gehört dir."

Als ob irgendwo auf der Welt jemand auf das Ende dieses Gespräches unter den Dreien gewartet hatte – meldete sich Josefs Smartphone.

Josef hörte eine ganze Weile lang aufmerksam zu, sagte selbst keinen Ton. Nach mehr als zehn Minuten sagte er nur: „Dann machen wir es so – bis bald, danke!" Josef beendete das Gespräch.

Alexander und Isabel schauten ihn fragend an. „War das dein „Gönner"? Was hat er gesagt? Ist er an dem Schiff interessiert? Wie viel hat er dir dafür geboten?"

Josef schmunzelte: „Das sind eine Menge an Fragen, die ihr beide da habt, meine Güte! Ich kann euch aber alles beantworten. Also, das war mein „Gönner". An der „Falken-Queen" hat er großes Interesse. Es ist beinahe ein riesiger Zufall, aber er sucht gerade ein passendes Schiff für sich. Er hat sich im Netz alle Informationen über dieses Schiff hier zusammen geholt. Die „Falken-Queen" gefällt ihm sehr gut."

Damit ließ es Josef gut sein, aber er merkte, dass Alexander und Isabel noch die letzte ihrer Fragen auf den Nägeln brannte.

Josef ging in die Kombüse. Als er kurz darauf wieder erschien, hatte er drei Gläser in der Hand, dazu einen guten schottischen Single-Malt.

„Ich denke", sagte er, „wir sollten uns einen genehmigen. Nach diesen Katastrophen haben wir uns einen verdient – oder auch zwei. Und ich denke, keiner von uns ist so abgebrüht, zu vergessen, was in den letzten Stunden geschehen ist. Aber was haben wir uns vorzuwerfen? Jörg ist abgestürzt – ich meine, bevor er endgültig abgestürzt ist, da war er schon tot, erdrosselt auf dem Masten– es war ein Unfall."

Alexander nahm den Gedanken auf, als er sagte: „Und der Tod von Dennis, den hat er selbst verschuldet. Wir alle wissen, dass auch mit „uns" schlimmeres hätte passieren können – er hätte uns wohl alle umgebracht. Somit war es reine Notwehr, als Isabel geschossen hat."

Bei dem Wort „geschossen" zuckte Isabel heftig zusammen. Sie hatte sich aber schnell wieder in der Gewalt und sagte: „Ihr habt wohl Recht."

Josef goss die Gläser noch einmal voll, sah die beiden an, grinste und sagte: „Ich sehe euch an, dass ihr mehr über den Anruf erfahren möchtet."

„Ist das so deutlich zu sehen?" lachte Isabel. „Aber du hast ja recht, Josef, was hat man dir denn geboten? Wenn du das nicht sagen möchtest - wir sind uns ja einig, dass es mich und Alexander nichts angeht, was mit dem Schiff passiert."

„Ok", antwortete Josef. „Also, ich werde euch darauf antworten. Aber zuerst möchte ich fragen, wie i h r euch die Zukunft vorstellt."

Isabel und Alexander sahen sich an. „In Ullapool hatten wir an Land ja etwas Zeit, uns ohne Dennis in der Nähe zu unterhalten", sagte Isabel. „Dabei haben wir Gemeinsamkeiten fest gestellt. Nicht nur, dass wir uns mögen, was eigentlich schon damals der Fall war, als wir noch alle zusammen viel Blödsinn gemacht haben - unsere Ideen für eine Zukunft könnten auch eine Basis für eine gemeinsame Zukunft bilden."

„Genau", fiel ihr Alexander ins Wort. „Wir beide möchten aus alledem aussteigen, alles hinter uns lassen. Unabhängig voneinander hatten wir die Vorstellung, auch im Ausland unser Glück zu versuchen. Wir haben den Traum, eine kleine deutsche Bäckerei zu eröffnen, in Irland."

Josef staunte über diese Worte und den Mut, den er Alexander nicht zugetraut hätte.

„Wollt ihr denn erst noch einmal nach Deutschland zurück und dann demnächst euren Neustart versuchen?" fragte Josef.

Isabel antwortete für die „Deutschen Bäcker". Wenn es irgendwie ginge, würden wir gar nicht mehr zurück kehren. Aber uns fehlt Startkapital, das wir uns wohl erst zu Hause irgendwie verdienen müssen."

„Ich habe da eine sehr gute Nachricht für euch", sagte Josef. „Du – Alexander, du hast unter Dennis und Jörg genug gelitten, wie wir erfahren haben. Deshalb sage ich dir, dass für euer Startkapital bereits gesorgt ist."

Alexander rief schnell: Nein, Josef, von deinem Geld fürs Schiff werden wir wirklich keinen Cent annehmen. Das haben wir vorhin gesagt. Dazu stehen Isabel und ich auch."

Isabel nickte und sagte „Genau so ist es! Irgendwie werden wir das schon schaffen. Viel schöner ist es, nicht mehr allein zu sein."

Zärtlich sah Isabel zu Alexander hinüber.

Es gefiel Josef sehr gut, was er sah.   Sollte doch noch ein positives Ergebnis aus dieser Reise entstehen?   Etwas lauter als er wollte sagte er: „Es geht gar nicht um das Geld aus der Schiffs-Veräußerung.   Nein, es ist genug Bargeld an Bord, das für euren Neuanfang erst einmal reichen sollte."

Isabel und Alexander schauten ihn verdutzt an. „Was meinst du damit, Josef?" Josef berichtete den beiden, was er in jener Nacht von Dennis und Jörg mitbekommen hatte. „Jörg hat offensichtlich Schwarzgeld mit an Bord gebracht.", sagte er. „Das wird dann auch keiner vermissen.   Wie überhaupt – ich glaube, dass niemand weiß, wer hier alles mit Dennis an Bord gegangen ist – woher auch.   Also, wir sind sozusagen hier inkognito an Bord, das Geld auch. Es gehört euch, fangt euer Leben damit neu an."

Isabel und Alexander glaubten immer noch nicht ganz, was sie hörten.   „Wie viel Geld ist es eigentlich – nur so zur Information?"

„Es sind 25.000,- Euro, die auf euch warten – in Jörgs Kabine!   Davon will ich keinen Cent."

Den beiden verschlug es die Sprache. Langsam wurde ihnen bewusst, was sie hörten.

Josefs Smartphone meldete sich – es war Josefs „Gönner". Das Gespräch war dieses Mal ziemlich kurz, und Josef beendete es mit den Worten: „Alles klar - ich bin einverstanden – wir werden da sein und auf euch warten."

Wieder sahen Alexander und Isabel Josef fragend an, und Josef gab Antworten.

„Wie ihr schon wisst, hat mein „Gönner" Interesse an der „Falken-Queen". Er kommt mit einer Mannschaft, die das Schiff dann übernimmt. Wir sollen dazu morgen Nachmittag in „Stranraer" sein. Das ist ein schottischer Fährhafen. Ich werde übrigens an Bord bleiben, denn ich habe einen Vertrag angeboten bekommen. Da ich das Schiff so gut kenne, soll ich ein Teil der künftigen neuen Mannschaft sein – und lukrativ wird es auch für mich sein – Schiff und Vertrag."

„Mann", rief Isabel, „ist das eine tolle Sache! Josef, du hast uns doch erzählt, dass dich auch nichts nach Hause zurück zieht. Das ist ja wunderbar für dich - du nimmst hoffentlich an?"

„Ja, das werde ich. Ich habe ja schon zugesagt.", sagte Josef. „Und für euch habe ich eine Idee."

Äußerst gespannt bei diesen Wendungen der Reise schauten Alexander und Isabel zu Josef.

Der stellte jetzt seine Idee vor. „Wenn ihr nicht noch nach Hause müsstest, könntet ihr von Stranraer aus mit der Fähre direkt nach Irland rüber. Das Startgeld hättet ihr. Als Geschenk, wenn ihr euer Geschäft eröffnet, werde ich euch dann noch mal etwas zukommen lassen. Das müsst ihr mir zubilligen, bitte."

„Ok, das müssen wir wohl.", antwortete Alexander. „Wenn wir nicht noch unsere Wohnungen hätten, dann würden wir wahrhaftig sofort nach Irland reisen – das wäre schon toll!"

Josef hatte eine weitere Idee. „Gebt mir Vollmachten für die Wohnungskündigungen und Auflösungen. Dann erledige ich das für euch und ihr könnt direkt nach Irland, wie wäre das?"

Isabels Augen strahlten, die von Alexander nicht minder. „Bei all den schrecklichen Sachen, die passiert sind, das wäre doch noch eine wundervolle Sache zum Abschluss - wenn das wahr wird. Du bekommst alle Vollmachten." Alexander nickte, konnte gar nicht damit aufhören.

„Na, dann ist ja alles klar!", freute sich Josef. „Ich werde auch jemanden bevollmächtigen, meine Wohnung aufzulösen. Die brauche ich ja nicht mehr. Ich wohne ja jetzt auf einem Schiff!"

Die Drei lagen sich in den Armen – konnten gar nicht mehr los lassen.

Diese Reise hatte doch noch ein gutes Ende genommen – zumindest für diese Drei.

Und die „Falken-Queen", die immer noch ein bisschen sauer auf Jörg war, auch die freute sich auf die neue Besatzung und besonders darauf, dass auch Josef Brote mit an Bord blieb – hoffentlich für viele erlebnisreiche Seemeilen.

E N D E

Epilog :

Es gab keine weiteren Zwischenfälle. Die „Falken-Queen" kreuzte zur vereinbarten Zeit vor dem schottischen Fährhafen „Stranraer".

Die angekündigte neue Besatzung kam längsseits, und die Begrüßung mit schottischem Single-Malt war herzlich und ausgelassen.

Besonders Josef und sein „Gönner", der es sich hat nicht nehmen lassen, persönlich zu erscheinen, klopften sich gegenseitig die Schultern platt – sichtlich erfreut über das Wiedersehen außerhalb der Gefängnismauern.

Alexander und Isabel brauchten nicht die Fähre nach „Larne" zu nehmen. Nachdem Josef geschildert hatte, was die beiden für die Zukunft planen, war es eine Ehrensache für den neuen „Schiffseigner", die beiden direkt zum Hafen nach Larne zu bringen. Von dort aus fuhren sie mit einem Bus direkt weiter in die Republik Irland.

Drei Monate später erhielt Josef eine SMS, dass die „Deutsche Bäckerei" eröffnet wurde, und Josef antwortete, dass er sich jetzt schon auf ein Wiedersehen freut, bei dem zum Frühstück frisches „Deutsches Brot" gereicht wird – wann immer das auch sein mag - aber möglichst bald.

Und noch etwas später teilte Isabel ihm mit, dass Tinas Operation gut verlaufen ist. Josef nahm sich vor, Tina irgendeinmal wieder zu sehen. Warum nicht auf der „Falken-Queen"

Informationen auch unter:

www : wolfgang pein bücher

oder wolfgang pein schafe

Nachfolgend befinden sich die Titel und auch die

ISBN-Nummern meiner Bücher,

die **bisher erschienen** und in jeder Buchhandlung

in Europa, Kanada und den USA „bestellt" werden
können oder auch per Amazon und

bei weiteren Bestell-Anbietern.

Alle Bücher gibt es **a u c h als E – Book** !

INFO: Das „Johanna- und das Frosch-Buch"
sind Kinder-Bücher - alle anderen Bücher sind für
Erwachsene/Jugendliche geschrieben worden.

Schaf-Geschichten mit Johanna

(ein **K i n d e r – Buch** -

ISBN 9783848251032)

The adventures of two sheep friends

(in Englisch - ISBN 9783732233328)

Schafe mähen nicht nur Gras

(208 Seiten – **Roman** - ISBN 9783738606584)

Schafe brauchen auch mal Urlaub

(208 Seiten – **Roman** - ISBN 9783739241074)

Schaf-Geschichten aus dem schönen Vinschgau

(Südtirol/Norditalien - ISBN 9783837079241)

Sheep Fight For Freedom

(in Englisch – **Roman** - ISBN 9783741279713)

----

vier letzte Tage im Februar

(ein **Kriminal**–Roman - ISBN 9783743195417)

Eine falsche Badehose im Haifisch – Becken kann tödlich sein

(ein tödlicher **Kriminal** – Roman aus dem Bereich

der Finanzen und Bilanzen -   260 Seiten)

(ISBN 9783744835091)

Ruhe sanft oder wie ich im Keller endete

(eine A k t e erzählt aus ihrem Leben

- locker und fröhlich erzählt –

endlich mal ein Behörden-Verfahrens-Gang,

den auch jeder versteht, auch wenn er noch nie

etwas damit zu tun hatte)

ISBN 9783744895286)

Irland und ein etwas anderes

Irisches Tagebuch

(ein farbiger Reisebericht – ISBN 9783744837996)

<u>Schottland</u> und ein „etwas anderes

Schottisches Tagebuch"

(ein weiterer farbiger Reisebericht -

ISBN   9783746012582)

Ferien   beim   Froschkönig

(ein **K i n d e r** - Buch –

ISBN 9783746093185)
